你愿意陪我喝杯茶吗

[西] 弗朗西斯·米亚莱斯
[西] 安赫莱斯·多尼亚特 著
陈诗雨 译

Un té para curar el alma

中国出版集团
中译出版社

图书在版编目（CIP）数据

你愿意陪我喝杯茶吗 /（西）弗朗西斯・米亚莱斯，（西）安赫莱斯・多尼亚特著；陈诗雨译．-- 北京：中译出版社，2022.3

ISBN 978-7-5001-7008-2

Ⅰ. ①你… Ⅱ. ①弗… ②安… ③陈… Ⅲ. ①长篇小说－西班牙－现代 Ⅳ. ①I551.45

中国版本图书馆 CIP 数据核字（2022）第 048082 号

著作权合同登记号：图字01-2022-0799

出版发行　中译出版社
地　　址　北京市西城区新街口外大街 28 号普天德胜科技园主楼 4 层
电　　话　(010) 68005858, 68358224（编辑部）
传　　真　(010) 68357870
邮　　编　100044
电子邮箱　book@ctph.com.cn
网　　址　http://www.ctph.com.cn

策划编辑　郑　南
责任编辑　张若琳　范　伟
营销编辑　曾　頔

封面设计　與書工作室
排　　版　北京竹页文化传媒有限公司
印　　刷　山东临沂新华印刷物流集团有限责任公司
经　　销　新华书店

规　　格　880mm×1230mm　1/32
印　　张　7.875
字　　数　140千字
版　　次　2022年3月第一版
印　　次　2022年3月第一次

ISBN 978-7-5001-7008-2　定价：59. 00元

黎明之前最是黑暗。

——英国谚语

目 录

第一章

谜中之谜

我从未料到，那个我本以为一切都已结束的下午，竟是我人生的新起点。

安葬了哥哥乔纳森后，我驾车行驶在一条渺无人烟的公路上，车后座上安放着他的骨灰盒。

虽然哥哥没有立下遗嘱，但他在两年前的日记中写道，如若哪一天他从生命的列车上跌落，希望他的骨灰可以被撒在落基山脉莫兰山脚下的茅屋旁。他在日记中袒露心声，用他的原话说，那是因为他在那里度过了一段“毋庸置疑的幸福时光”。莫兰山脚下美丽的景色使他灰暗的灵魂中升起一抹绿洲般的光明，除了这个表面原因，实际上还跟爱琳这个名字息息相关。不过，现在这本日记已经在刑警手中了。

乔纳森从来没有跟我提起过爱琳，当然也是因为乔纳森不善言辞。最近几年，在我们屈指可数的几次会面中，他总是沉默不语，沉浸在自己的内心世界里，永远走不出来。

他就这样活着。

我透过后视镜看着那铜镀银的骨灰盒，上面还有刚刚刻上的铭文。这是我和殡仪馆的工作人员据理力争，要求下葬费用必须包含雕刻献词后，才刻上去的。

亲爱的哥哥，

你生前对我来说是个谜，

现在你更是走向了迷雾之巅，

你简直是谜中之谜。

我非常想你。

托尼

工作人员读到这段话的时候皱了皱眉。也许他觉得措辞太过冰冷，或者他觉得内容过于荒谬。我觉得后一个原因的可能性更大。因为他的骨灰已经撒到了茅屋旁的草地上，刻着铭文的骨灰盒瞬间变成了一个没有感情之物，就像一件承载着虚无的器皿，连同逝者的思绪也飘散如烟。

无论从哪个角度，甚至是从医学的角度分析，他的死因都扑朔迷离。警方调查报告显示，他驾车以一百多公里的时速在一个拐弯处驶离主道，并最终撞上一座高压电塔，送掉了性命。

尸检结果表明，他的血液中既不含酒精，也没有吸毒的迹象。如果他系了安全带，说不定能救他一命，但他却没有，所以调查员怀疑这可能是一起自杀行为。

事后的科学调查或许永远也解不开他死亡的谜团了。他的死为他本就迷雾重重的人生又抹上了一层阴影，这也是他身上众多迷团的最后一个了。

“你毁了我的生活，你知不知道？”我透过后视镜对骨灰盒说，“你本来可以向我求助的，你知道我会帮你的。我什么时候让你失望过？可现在却只剩我一个人孤苦伶仃，这都是你的错。”

我一边想着哥哥会如何回答我，眼泪一边止不住地顺着我的脸颊滑落。我似乎在福特野马的车里听到他的声音：

“你不要拿连自己都没做到的事儿责怪我。你最近一次给我打电话是什么时候？是新年！这都过去半年了。”

“你没有资格这么说我！凭什么先打电话的永远都是我？我每天都要随时为你待命……还是我捂紧了钱包，给你少付了哪一笔房租？哪怕就一笔，我从来都没有跟你抱怨过这些。”

“钱……你总是在拿钱当理由。”毫无疑问，他肯定会这么说，“你以为给了钱，生活就万事大吉了？你错了！就像你对爸爸一样。你以为，你给他每月掏了四千美金的房租就完事了，但我却是唯一去看望他的人。你连他的葬礼都差点儿没赶上。”

“乔纳森，你别拿这些指责我，否则……”我抬起方向盘上的一只手擦了擦满是泪水的脸，“要知道，他已经是阿尔茨海默病晚期了，什么都不知道了。我最后一次去看他的时候，他竟然问我是谁。”

“好漂亮的借口！但是托尼，你可是清清楚楚地知道，他是谁。”

我忍着悲痛，叹着气，竭力保持冷静。天已经开始黑了，公路边一块生锈的牌子上写着距离下一个休息区还要大约十六公里。

“自从我在通讯社上班后，繁重的工作让我疲惫不堪，这你是知道的。正是因为有这份工作，我才能在你需要的时候提供帮助，支付爸爸的治疗费还有你走后留下的一屁股债……”

“如果你真是个好人，那你为什么孤身一人？结婚当年你老婆就离家出走了。正因为你身上的这些问题，我才一直都在替你忏悔赎罪，注意点儿你的生活……它应该进行校正，而且应该是往好的方面。”

回想起哥哥严肃时的脸，我不禁笑出了声。

“你可别问我卡伦为什么不辞而别，连我自己都搞不清楚……刚认识她的时候，卡伦和虐待她的丈夫，还有一个吸毒犯挤在旧金山一处二十五平方米的小公寓里勉强过活。是我把她带离那里，给了她一个家……我甚至让她从事她最热爱的绘画工作。她还能有什么不满意的？”

“托尼，也许她希望你花更多的时间陪她。每当你回到家，你对她的画作感兴趣吗？你问过她的想法和愿望吗？你说她突然有一天不辞而别，一句解释的话都没有。那为什么在这之前，你不去试着了解她有没有什么烦恼呢？”

“我来告诉你原因吧，最近几年我实在是太忙了。每当开始一笔新的生意，我就不能错过任何一次机会。有时候我很晚才回家，发现卡伦已经睡了，第二天我起床离开的时候她还没有睡醒。但对我来说，这些并不能成为她抛下我离家出走的理由。如果有什么问题，她完全可以打电话告诉我，不是吗？就像你一样……”

“弟弟，张口求人总是很难的。不可思议，你都已经四十岁了，竟然还没有发现这一点。尤其是向你这样的大忙人求助。其他人，特别是那些爱你的人并不想打扰你。所以他们沉默不语，存在感就这样一天又一天变得越来越弱，直到有一天，以这样或那样的方式消失不见。”

“乔纳森，够了！”我大喊道，紧紧握住方向盘以免双手发抖。

“你以为给了钱就可以心安理得了，但事实却是你抛弃了爸爸，之后又抛弃了你老婆，最后又抛弃了我。”

在怒火让我失去对车的控制之前，我拐进了休息区，朝后座的骨灰盒恶狠狠地咒骂着。把车停在一家小餐馆旁的一刹那，我突然感到一切仿佛静止了。

第二章

最后时刻的那只手

我一点儿胃口都没有，只点了一大杯啤酒，喝完之后又要了一杯，随后又点了两小杯波本酒，将它们一饮而尽，企图借酒消愁。

我的意识模糊起来，像个酒鬼一样，自言自语。仅存的一点理智告诉自己，不能再开车上路了，除非我想步哥哥的后尘。

我艰难地站起身，付了钱，正准备到车上睡一觉，这时一只纤细的手拍了拍我的胳膊。

我十分困惑，踉踉跄跄地转过身，看见了一位面容慈祥的女士，她至少得有七十岁了。她和善地朝我笑了笑，对我说道：

“先生，先别走，留下来，我想请你喝一杯咖啡。”

“我也没想去开车……”我有点儿不好意思地回答她，“好吧，我接受您的邀请，这主意不错。”

那位女士走到我的餐桌旁，我刚刚在这里喝醉了，她在我对面坐了下来。毫无疑问，她已经花了好一段时间观察我了。我感到十分羞愧，不知所措地看着她，这肯定都逃不过她的眼睛。

“别这么自责，人生不如意十之八九。”

“唉，十之八九……”我正小声嘀咕着，一位十分憔悴的服务员为我们倒了杯咖啡，“我觉得我整个人生都是个错误，彻头彻尾的错误……更糟糕的是，现在我想要改正这个错误，但是为时已晚。”

“不，永远都不晚！”她把她那纤细而又温暖的手放在了我的手上，对我说道，“有时候我们觉得生活就像一件肥大不合身的衣服，但正是这个原因，才会有裁缝的存在。”

我看着她，完全不明白她说这些到底是什么意思。我还是有点儿晕晕乎乎的，说不出来话，只是喝了一小口咖啡。这位女士身上拥有着一股令人艳羡的旺盛生命力，此外，她仿佛还有一种掌控时间的魔力。

她端起咖啡，闻了闻，然后又把它放回托碟上，似乎感觉咖啡有点儿烫。随后，她从口袋里拿出一副旧眼镜戴上，盯着我的眼睛说道：

“看来你还没有碰到那个可以为你量身定制衣服的裁缝。那我先给你讲个故事吧，或许对你有用。哦，对了，我叫罗斯。”

说完后，她突然沉默不语，或许是想确认这些话是不是引起了我的兴趣。疲惫的我做了个鬼脸，算是默许了。

如果几周以前，有人跟我说，我会与一位老奶奶——一位看起来就跟饼干广告里的祖母一模一样的人——在一家小餐馆里浪费半个小时的时间，我肯定会难以置信地大笑起来。但我现在就坐在这儿，忍受着老人家慈爱热情的关怀。我十分困惑，向她问道：

“您一直看着我，到底在看什么呢？”

我真后悔为什么刚才没有直接走出餐馆，现在出于礼貌，我不得不和这位老人玩起了猜谜游戏。

“哦，我其实在看一位与你同样年纪的年轻女士，一头银色的秀发，穿着一件套头针织衫，然后……”

“不不，您肯定是在看我，”我纠正道，“我不明白您的意思……”

“我知道你肯定能做得更好。好吧，就算我是在看你，那我也是在看一个惊恐悲伤的人，你就像是一个地震后独自留在村子里的孩子，我说得对吗？”

“要是这样的话，那就再好不过了……”我既感动又恼怒地回答道。

“《圣经》在哪里？我敢肯定她现在一定想让我皈依基督教，或者其他宗教之类的。”我看着她心里嘀咕着。

这位罗斯女士用她那不大但十分温柔的眼睛看着我回应道：

“你不用盯着我胡思乱想，胡乱猜测是不会让你真正明白的。我的意思是，应该真正地关心他人，挖掘他们内心最真实深沉的想法。”

“我明白……”其实我还是不明就里，“那您到底想给我讲什么故事？”

这位女士轻轻地摇了摇头，好像彻底放弃了我一样：

“从有汽车开始，这个地方就有这座加油站。在被一家跨国公司收购以前，我的父母是这个加油站最后一任经营者，我祖父甚至还在这儿开了一家汽车修理厂。我们的家族扎根于这条高速公路，我们见过许许多多司机开着车头也不回地奔向远方。这个十字路口在地图上充其量也就是一个点儿，但对我来说这个点儿却是我生命的全部。”在继续说下去之前她叹了口气，“我从小就当收银员，帮着大人照顾生意，我喜欢接待顾客，问他们从哪里来、到哪里去，给孩子们糖吃，给迷路的司机们提供这片区域的地图用。后来有一天我认识了他。”

罗斯闭上眼睛，沉默了下来，抚摸着婚戒。直到这一刻，我才注意到她手指上的戒指。

我不忍心打断她，更不敢催促她。

这位女士正在给我讲述她漫长的人生旅程，而我就如同在这段旅程中偷渡的人一样跟她一起回顾她的人生。

“那时我只有十九岁，但我一见他就知道了……就是他，我知道我的心里再也不会装下其他人了，以前不会，以后更不会。你有过类似的经历吗？那种感觉就好像一道清晰无比的闪光穿透了你的身体直达内心。对我来说，他穿过加油站大门走进来的那一刻，时间就仿佛停止了。”她微微低下了头，似乎想要去重拾脑海深处的记忆，“乔什开着一辆大卡车，是那种能横穿全国从东海岸开到西海岸的大卡车。他是那样高大帅气、衣着考究，我觉得他肯定不可能注意到瘦瘦小小的我。但世上总有奇迹发生……”

餐馆吧台上一半的灯都已经熄灭了。我把目光从罗斯身上转向了那个憔悴的服务员，想看看他怎么擦亮咖啡壶，看他还忙着，我松了一口气。我觉得这段感情肯定会无疾而终。

然而我又错了。

“数年之后，乔什对我坦白，在进来付款之前他就已经注意到我了。”她激动地继续讲，“他曾好几次路过收银台，但每次都没有勇气上前和我搭讪。一天下午，当他再次看到我，那时我正在帮爸爸换轮胎，他确认自己爱上了我。从那一次他问我‘多少钱’，到我回答他‘我愿意’，仅仅过去了一年时间。”

“后来他就不再干卡车司机的工作了吗？”我问道。

这时，罗斯垂下了眼睑，屏住了呼吸。

“他之前也是那样想的，但没实现。”她又重新开口说道，“我们结婚后，他依旧开着卡车，四处奔波，我则在加油站默默地等候着他。我畅想着我们将来会有一个孩子，他也不再开车而是接手了加油站的生意。每天晚上加油站关门以后，我可以和他一起坐着数天上的星星，听他给我讲旅途中的点点滴滴，我们就这样一直幸福地过下去。然而，在这些美梦实现之前，一根被腐蚀的柱子毁了我们的未来。”

“发生了什么？”我焦急地问道。

“那是一个星期天，乔什帮一个朋友修葺屋顶的时候，一根早已被腐蚀的柱子忽然断裂，他的运气太差了，他从屋顶掉了下来，然后……”

罗斯突然噤声，回忆那段经历，对她来说实在非常痛苦。

我紧张地咽了一下口水。她沉默下来，我想象着她双十年华、情窦初开的样子。毫无疑问，那时她肯定是个十分漂亮的姑娘。

“那么年轻就要守寡，一定很难受吧……”我觉得我应该说点儿什么。

她狠狠地瞪了我一眼，眼神像剑戟一样锋利。随后她反驳道：

“谁说他死了？！直到一年前，我丈夫都一直陪伴着我。”

我长舒一口气。

“或者，至少可以说他的身体一直陪伴着我。他瘫痪在床，失去了语言功能。”她补充道，“也许他始终都不能接受自己已瘫痪且失语的这个事实。每当我看向他的时候，总感觉乔什并不在床上，他的思绪似乎飘向了一个很远很远的地方。我们一直在家里照顾他，直到我父亲年纪太大了，实在没法帮我给乔什翻身。于是，我们把乔什换到一处公寓里。”

罗斯的脸微微抽搐着，仿佛直到现在她还沉浸在当时那种痛苦之中，“每天起床时，我都会亲吻他的脸颊。我希望他苏醒后第一眼看到的人是我；每天晚上入眠时，我都会靠近他，祝他好梦。差不多就这样过了五十年。我们度过了一段和我当年想象的不一样的人生，但是，总归是我们俩相伴的人生。”

我一口喝完了杯里的咖啡。那个刚刚还在打扫卫生的服务员已消失不见，现在餐馆里满是寂静。此时，我一点儿也不着急离开了。我感觉餐馆的工作人员都已经走了，把我们遗忘在此地。

“我变卖了加油站和房子，”她接着说，“卖了好大一笔钱，并且决定为了乔什和爸爸好好活着。我每天都早起，去镇上逛一逛……然后，给乔什讲我听到的消息，镇上建了什么新房子，开了什么新店，谁刚刚结婚了，又来了哪些外地人。随着时间的流逝，我和乔什也找到了相处之道。他动一动眉毛就是说不，微笑一下就是说可以。他就是我的全部。照顾他、陪伴他、让他感到自己仍然活着，这些就是我生命的意义。我觉得自己是可以克服一切困难的超人，你能相信这种感觉吗？事故发生之后，最初的几个月我深深地陷入痛苦绝望之中，之后我学会了如何比痛苦跑得更快。我坚信那些痛苦再也不会出现了。如果我连这种痛苦都能克服，那还有什么是我不能克服的呢？我居然变得如此自负？”

“痛苦还是再次出现了。”我总结道，完全明白她说这些话若有所指。

“是的，那是乔什去世的那天，差不多一年前，他就躺在我面前，一动不动地盯着我的脸。我再次绝望地痛哭起来。这次不是因为支撑着房子的那根柱子折断了，而是因为我的心碎了，与这么多苦难抗争后，他还是离我而去了。”

她抓住我的手，就好像担心会一脚踩空，坠入悬崖一样。

“我相信正是从那时开始，我真真切切感受到了痛苦的折磨。我自暴自弃，不眠不食。甚至不愿再出门，只想在如同棺材一样的家中等死……但是，哪会这么快就能死了呢，所以只能选择走极端了。”

“你说这些是什么意思？”我一边问，一边紧紧攥住她的手。

“最初几个月的时间里我一直十分颓废，但我最终决定结束这一切。在一个清晨，我终于下定了决心。又是一夜未眠，黎明时分，我奔向了公交车站。我连家钥匙都没带，只拿上了一张我们结婚那天的照片和一些钱，踏上了我最后的旅行：我想尽早离开这个伤心之地，走得越远越好。我登上了首班车，在后排的座位坐了下来。窗户上没有任何地方可以倚靠，我只能闭上眼睛直直地坐着。那是这几周以来我睡得最沉的一次。那种感觉就像死刑犯在被行刑之前享受最后一顿大餐。”

在这漆黑的深夜里，听着罗斯的故事，我渐渐忘记了我们身处一家高速路旁的餐馆，好像被抛弃了一般。而这个夜晚已经不知不觉地改变了我的生活。

“我不知道自己酣睡了几个小时，不过时间应该不短，因为我看到窗外已是黄昏时分了。司机粗暴地叫醒了我，大喊道，已经到终点站了。大概一小时到一个半小时以后，太阳就完全落山了。我像个醉鬼一样踉踉跄跄地下了车。”这时她向我挤眉弄眼做着鬼脸，“就像你现在这样。”

“啊，我……”我本来试图为自己狡辩几句，但还是闭上了嘴，不忍心打断她。

“我发现我来到了落基山脉脚下一处不知名的小镇。或许因为我把此行看作是我最后的旅行，那天的落日是如此美丽耀眼。在金黄色的落日余晖下，我开始沿着一个陡坡往上走。我大概走了一个多小时，这时小镇已经离我很远了。这条小径最终消失在陡峭的岩石中，它的尽头是一处落差近百米的悬崖。我觉得这或许是某种信号。”

“某种信号？”正当我发问之时，那个憔悴的服务员哈欠连天地再次出现在大厅里。

毫无疑问，他肯定在某个包间刚吃喝完。从他温和地指着罗斯的动作不难看出，他肯定认识罗斯，知道她喜欢和陌生人聊天的习惯。

我看了眼手机上的时间，发现已经是午夜了。我十分担忧她会停下来不再继续往下讲，这可实在让我受不了。最后的结局到底是什么？显而易见：如果我没听到故事的结尾就走出餐馆，我肯定会抓狂地开车四处乱转。

“只要十分钟就能结束了……”罗斯露出真诚的笑容哀

求着。

“五分钟，”服务员给出了最后的通牒，“等我从厕所回来，就要关门打烊了。”

“我的生命失去了意义。我没有家人，无事可做……谁会想念我呢？我又会想念谁呢？最好的方式就是尽早解脱，我的终点似乎就在眼前了。我在悬崖边最后一次欣赏落日，黄昏的余晖让我仿佛置身另一个世界。我准备跳下悬崖。”罗斯深吸了口气后继续说道，“那时我去意已决，挑选了一处向外突出的岩石，它像是悬崖边一个跳板。当我向悬崖下看去，准备把脚迈向空中之时，整个身子缩了回去，我觉得自己心脏怦怦乱跳，像要爆炸了一般。为了有跳下去的勇气，我对自己说道，‘迈出这一步你就能和乔什在一起了，你们就能在那边相遇了’。”

我屏住了呼吸。

我差点儿就忍不住要问出一个问题，那可能是一个新闻记者能问出的最愚蠢的问题了：“那么，你跳了吗？”答案当然是“没有”，要不然她也不会出现在这里。

“那？”我只说了一个字。

罗斯陶醉在这光辉的时刻里。这么长时间以来，她的脸上第一次闪起了亮光。“在最后的时刻，一只手改变了一切。”

“一只手？”我充满疑惑地重复道。

“是的，是光正先生的手”。

“我不明白……谁是光正先生？他是从哪儿来的？”

“他是一位头戴红色毛线帽的东方人。他死死地拽着我，一刻都不放松，用充满恳求的眼神看着我说道，‘我知道你的人生不太如意……但一切到此为止’。”

第三章

真正的疯子

我睁开眼睛，抽筋导致我剧烈疼痛起来，我不由得大喊了一声。我的腿麻了，后背也僵直了，口干舌燥，在车里四处找水喝。但除了骨灰盒什么都没找到，那个骨灰盒就静静地躺在后座上，反射着清晨的阳光，让我十分恼火。

“乔纳森，你再笑话我，我可对你不客气了，”我吼道，“你不是也经常喝得烂醉如泥吗？当然了，独自一个人喝多了的滋味更不好受……但这都是你的错，浑蛋。”

我在车里坐立不安，感觉脑袋随时都会炸开。

我看着手机上莫兰山的定位，我要去那里安葬乔纳森。谷歌地图上显示还有十个小时的路程，但我连开十分钟的力气都没有了。

我打开车窗，让春日和煦的微风吹进来，好让自己清醒一下。之后，我再次闭上了双眼，试图让自己从宿醉中缓解过来。

“我早已过了可以肆意睡在车里的年龄了。”我心里嘀咕着。从前我和乔纳森总是趁着夏天，时不时去加利福尼亚的海滩冲浪，享受与海浪的尽情追逐，累了就直接躺在车里睡觉。那会儿我也就二十来岁，正是少年不知愁的时候。那时，每个周末我们都会去酒吧打工赚小费，有时因为实在太忙，饿了就随便吃点儿罐头填饱肚子。我们与父亲之间代沟太深，他完全不理解我们的生活方式，我们跟他也无话可说。

虽然那时我们很穷，但是我们心中充满了梦想，我们俩人每天都在一起。回想起这些，我还是激动不已。

那是一种合力对抗世界的感觉。或者更准确地说，合力对抗那个封闭而狭小的齐卡诺人①的世界。我们根本不明白父母一直向往的那种家庭生活。我们走出了那个封闭的世界，就像我一位阿姨抱怨的那样，我们结交的那些朋友都说着他们听不懂的语言。这位阿姨在美国边境生活了半辈子但却连一个英文单词都不会说。

乔纳森和我……怎么说呢，在我们的人生分道扬镳之前，有那么一段时光，我们不像是兄弟，倒更像是亲密无间的朋友。但现在我们俩只剩下一个骨灰盒和一具行尸走肉。

我费力地打车开门，下了车，发现加油站和餐馆还没开门。四周静寂无声，甚至连一丝风声都没有。餐馆外墙上那

① 指墨西哥裔美国人（译注，以下无特殊说明，皆为译注）。

张旧海报似乎从来都没换过，上面是黑莓派的广告。

渐渐地，我感觉自己慢慢地恢复了气血和意识，与此同时也记起来几个小时前罗斯给我讲的那些故事。悬崖边的男人……她虽然没这么叫他，但我做为一名记者的本能让我不自觉给他起了这个名字，就像我要写新闻报道一样。

我回忆着他的名字，隐约回想起昨夜他好像在我的噩梦里出现过，梦境十分可怕，让我如同深陷地狱一般。

我怎么也忘不掉他，尤其忘不掉他在最后时刻向罗斯伸出手之后的谈话。他解释说自己隐居在一个叫“拉克菲尔德”[①]的小镇附近。他就住在悬崖附近的小木屋里，可以清楚地看到悬崖周围的情况。

在小木屋里，他为自己刚刚救下的那个陌生女人倒了一杯茶，之后他提议作为交换，罗斯应该给他讲讲自己的故事。

记者的本能告诉我，他肯定不是第一次这么做了。我实在想不起来他的名字，姑且就叫“那个人”吧。那个人隐居在那处绝佳观望点，应该就是为了拯救生命。

他为什么要这么做？难道他拥有传教士般的慈悲情怀？还是因为他感到孤独寂寞？或者仅仅是他喜欢听别人讲述自己的故事？

或许他就是疯了，仅此而已。

就像其他类似的事件一样，这种事就是会让人产生一个

① 原文为 Luckyfield，作者虚构的地名，美国落基山脉附近的一个小镇，英文原意为“幸运之地”。

又一个的疑问。我的疑惑越来越多，但有一点我是肯定的：那位悬崖边的男人是一位伟大的人。是什么原因让他隐居到那里的呢？

现在服务区空无一人。我靠在车上感到非常好奇，这是自我当记者以来从未出现过的好奇心："那个人"肯定有故事，而是一个值得讲述的好故事，我想要把他的故事记下来报道出去。

当我感觉好多了后，我又坐回车里，转动钥匙启动我的老福特。马达轰鸣一声，整个车身都跟着震颤起来。我开着老福特行驶在公路上，两旁是平缓的山丘，如同清晨时仍酣睡未醒的史前巨兽一样静静地躺在那里。

太阳缓缓地从仿佛幻境一般的山峦中慢慢升起。这时，我的脑海中忽然开始闪现出一些片段，都是过往生活中几乎被我遗忘的场景。这些回忆那么的模糊，就好像是别人的一样。

得益于优异的体育成绩，我一直努力学习，力争上游，不断想要逃离固有的生活。我申请到一所大学的奖学金，离开了我原来封闭的生活和朋友，自此再也没有回头。我曾对自己发誓，一定要完成新闻专业的学业，带着学位证书回到那个拉美裔聚居的社区，让我的父母为我骄傲。

尽管我职业生涯起步十分艰难，但我十分热爱记者这个行业，认为它高于我的一切，这就够了。我相信情况总能改变，而且已经发生了变化，我相信能通过采访那些无法为自己发声的小人物，揭露被隐藏的真相，为社会做出贡献。

我的第一份工作是在本地的一家报社当记者，我几乎以报社为家，在那间拥挤不堪的办公室我和同事们并肩作战，没日没夜地加班，不仅睡得不好，挣得也不多……

我停止了回忆，回到了现实中，看了看后视镜中的自己。后座上的骨灰盒随着车子震颤不止，仿佛在对我说："从前到现在有任何一个人知道你这位记者的大名吗？你不过是一个梳着油头、肥胖油腻、循规蹈矩再普通不过的前任记者罢了。"

"哥，这都是拜你所赐，是你毁了我的生活。"我辩解道，随后又继续回忆起那些个人的往事，每一次回想这些都使我更加痛苦。

日复一日的采访不仅让我可以源源不断获得最新的消息，也让我得以同权贵们交朋友，他们也毫不吝啬地向别人夸赞我。三年后，我已升任旧金山一家报社的经济版主编。这已经完全超出了我——一个来自郊区的墨裔移民的后代，所能幻想的一切了！然而，我也付出了高昂的代价：我没有任何个人生活，除了工作还是工作。

那段时间我还不算是一个真正的疯子，但至少也快真的疯了。整整一年我一次都没有回家去探望过父母。偶尔我还会趁着周末和乔纳森外出冲浪，但后来我连外出冲浪的时间也没有了。

渐渐地，我和乔纳森之间的关系开始出现了微妙的裂痕。我们的交际圈毫无关联。我总是被邀请到一些有钱人的家中，他们对我盛情款待，以换取我对他们公司和产品的报道。而这些对于身为思想激进的反建制派斗士的乔纳森而言，我的这些行为无异于对他最大的背叛。他继续和自己的小圈子及艺术家们厮混在一起，永远都是成绩落后的差等生。

我们彼此无话可说的时刻最终还是到来了，彼时，我们已经失去了所有的共同语言，于是不再见面。

我记得波德莱尔在他的名作《恶之花》的序章里写道，“我们一步步堕入地狱，每天每日。”①这就是我做出下面这个重大决定后的真实写照。几个朋友提议合伙开一家通讯社，他们出钱，我则发挥职业优势，我们肯定能一炮走红！

我连当个记者都没什么自己的空闲时间，更何况当一家通讯社的主编？！一开始，通讯社就像一个呱呱坠地的婴儿般，需要我加倍地呵护。每当乔纳森打电话生气抱怨地说一些我们俩人一直都没有再见面、父母非常想念我的话时，我总是以忙为借口敷衍他。

有一次我辩解道，公司规模越做越大，债务和业务等琐事缠得我脱不开身，我连觉都睡不好。自此之后，乔纳森再也不给我打电话了。我解决问题的办法只有一个：花更多的时间在工作上。每逢节假日，我都会无休无眠地去寻找新客户以养活通讯社这个欲壑难填的怪兽，周末则会在高尔夫球场洽谈生意，这几乎构成了我生活的全部。

直到我接到了那通糟糕透顶的电话。

---

① 本句摘自钱春绮译本。

“你知道吗？”我再次对着我想象中的乔纳森说道，“接到电话后，我向团队道歉说要请几天假，之后一直不停地确认葬礼的细节……我忙得连嗓子都哑了。一个疲惫不堪苍老的我对自己说：‘你不是这样的人，你不应该变成现在这样。’”

“其实，是你自己把自己变成了这样，”乔纳森一定会这样回答我，“没有人逼你。你野心勃勃，是你自己愿意这么做的。你总是希望能够出人头地。看看我，我现在什么也不是了。几年之后，除了医疗保险花费越来越多之外，你也将什么也不是。”

“乔纳森，你总是喜欢幸灾乐祸……躺在骨灰盒里静静地评判他人当然容易了。但你以为你身上发生的事儿都是我的过错吗？不可能！每个人都要为自己的人生负责，你选择了你自己的方式。这屎盆子你还是扣给别人吧，别扣到我头上。”

这一刻，一束刺眼的阳光忽然晃得我头晕目眩，看不清路。我没戴墨镜，只得踩了刹车直到把车停在路边。天空飘来的一片云彩稍稍遮住了那耀眼的光线。

不知是不是天意，我看见大约五十米开外，右转指示牌上标注的目的地：拉克菲尔德。

第四章

废弃的小镇

太阳已经高高升起，像个熟透了的果子一样挂在空中，但街道上仍然一片安静。我走在空无一人的大街上，一种难以名状的确信感向我袭来：这可能是以记者身份实现自我救赎的最后机会。这种感觉对我来说充满了侮辱和挑衅的意味。

刚刚在去往落基山脉的路上我离开了主路，开向了去往拉克菲尔德的岔路，同样地在我职业生涯的某个时刻，我也改变了我的路线，最终到达了一个与自己梦想毫不相关的地方，但那不仅仅是在路上暂时的停留，而是我被困住了，怎么也出不来。

我出卖了自己想要改变世界、向公众揭露真相的梦想，以换取过上一种虚假而又令人神经紧张的生活，每天充满了无休止的工作和虚与委蛇的和客套应酬。纯粹是徒有其表、毫无意义。

乔纳森说得其实很有道理：从很早之前开始，我就已经完全迷失了自我。但是，在这个荒无人烟的小镇，我似乎找到了重生的机会。我想要重拾记者的初心，采访悬崖边的那个男人，撰写出一篇史诗般的文章，并投稿给发行量大且十分有影响力的报社。这当然并不为了赚钱——我们应该知道另一种可能性的生活方式，真的有人能在你寻短之时向你伸出一只手，奉上一杯热茶、耐心倾听你的故事、融化你冰封的内心。

我一边想着，一边走到了一处似乎已经荒废了几十年的赌场。赌场不大，门口的霓虹标识灯七扭八歪地耷拉着，好似无法承受岁月之重，窗户上满是灰尘，里面什么也看不清。

我走了进去，在满是泥点的顶棚上，发现一只虎斑猫警觉地看着我，毕竟这里很少会出现陌生人。根据罗斯的描述，那位日本老人住在这附近。但我很快就发现这里根本荒无人烟。

一路上我看到的场景，让我觉得这里就像一处早已倒闭的休闲度假小镇。酒店门口挂着“停业”标牌，一座安静而又巨大的电影院矗立在旁边，停车场里一辆车也没有。我路过一家酒吧，但是也用链条紧紧锁住了大门。酒吧旁边的橱窗里展示着早已过时的服装，我在这里停下脚步。

看着那些衣服，我感觉这里的时光好像一直驻足在二十五年前，那个时候这里所有人的突然都举家搬离，去了另一个更加繁华的地方。

目前为止，我此行最大的麻烦是附近连个可询问的人都没有，如果他还活着的话，我想找个人问问那位老人居住的地方。罗斯曾说过那位老人独自居住在悬崖边的一所小木屋里。也很有可能由于各种原因早已离世，但没有人知道。

在所有这些已经废弃的建筑之中，一幢粉色的房子吸引了我的注意力，门口挂着“拉克菲尔德小镇博物馆”的牌子。大门旁边还有一座早已褪色的小熊雕像，手里挂着一个手写的标牌“免费参观”。

就算没有“免费参观”的牌子，也没有什么能阻止我进一去一探究竟，因为房子的大门已经被砸碎了。我小心翼翼地穿过地上满是瓦砾和碎玻璃的小道，走到了一处应该是主展览厅的地方。

我打开手机电筒，首先映入眼帘的是一张照片，上面是最开始定居在这个小镇的居民，后面还有一些海报，上面印着小镇美丽的自然风光。

地上到处散落的空罐头，让人不难推断，这个杂乱不堪的博物馆曾经是一群到此探险的年轻人的根据地。

在一处应该是当年售卖纪念品的柜台上方的墙上，贴着一张关于这个小镇以及周围群山的地图，标注得非常详细。我带着近乎侦探般的热情，借着电筒的光束，把地图上这个荒无人烟之地附近的所有小路都看了个遍。

在小镇的尽头有一条通向一处观景台的小路，从观景台可以俯瞰整个郁郁葱葱的山谷。另一侧是一处锯齿般陡峭的山峰，那一定是这个地区的最高点。

记者的本能让我更仔细地观察着这幅地图。果然，在山峰之间有一小块平地，上面画了一所小木屋，它就在悬崖的附近。

我整个上午一直都无法记起的那个名字，就这样猝不及防地出现在我脑海中。

光正先生。

第五章

悬崖边

山间的路况十分糟糕，我只能用很慢的速度开车前进。刚刚车上的仪表盘也显示油箱快见底了，这不禁让我又回想起从前的一段时光。

但那个时候的情况和现在不一样。

把报社的管理权交给资历最老的员工后，我感觉现在一身轻松，但又怅然若失。我可能会被困在某个偏僻的地方，但我的未来绝对不会比现在更糟糕了。本着这样的信念，我继续前进。

这条路的尽头是个孤零零的观景台，给我一种遥远而又陌生的感觉。我把车停在旁边只有四个车位的停车场，由于彻夜未眠，我十分疲惫，跌跌撞撞地下了车。

停车位上画着的白线和满是裂缝的沥青地面早已交融在

一起，裂缝里长满了杂草，甚至还有一朵小花。逐渐恢复的自然景观，正是这个地方早已被人类文明废弃的证明，就像旁边的那个小镇一样。

我靠近那个锈迹斑斑的栏杆放眼望去，对面是一个花岗岩山峰，突出耸立在峡谷对面的一片树林之上，它大概有两百米高，几乎是垂直的。

山顶最高处是一个悬崖，上面的岩石规则地排列着，犹如长满獠牙的猛兽下颌。在山脉尽头的一小块平地之上，一个类似牧民的小木屋十分醒目。如果我的直觉正确的话，那里应该就是我要找的地方。

虽然已是春日，但我还是感到一阵刺骨的凉意，我打开车门在哥哥的骨灰盒前待了一会儿。虽然听起来就像胡言乱语，但那一刻我真切感受到内心中有一股强烈的力量阻止我，不能丢下哥哥不管，不能让他孤单一人留在空无一人的停车场里。虽然我明知这时有人来这里偷车并把车和已经化为骨灰的乘客带走绝对是天方夜谭，但我还是把骨灰盒塞进背包里，紧紧地拉上拉链后，背着包上路了。

顺着一条下山的羊肠小路走了大约一刻钟，我的腿已经开始不听使唤了，我早就不是当年那个跑步健将了。

我花了好长一段时间才下到山谷深处，那里树木茂密，空气潮湿，就像一片未知的热带雨林。一只小野兔一动不动呆呆地看着我，从它所在的地方出发，向上攀爬应该就可以到达我在观景台上看到的那个悬崖。

但这也只是我的推测。谷底深处光线晦暗，看不到那个小木屋。

那只小野兔有一对大大的耳朵和细长的嘴巴，看起来倒更像是一只老鼠。它的眼神里充满着警觉和好奇，就好像第一次有人类入侵它的领地一般。

我自言自语地说道，就算这片树林里曾经出现过猎人，他们肯定也是随着拉克菲尔德——那个属于嫖客和赌徒的阴暗的世界——一起消失了。

我一动不动，停下来数秒，忽然这只小野兔纵身一跳，消失在灌木丛中。

本次探险对我来说最煎熬的部分，就是现在我需要顺着山路爬到悬崖之上，我发现，这儿到悬崖的距离比我刚才在观景台目测的高度要高得多。

这条通往悬崖的羊肠小路隐藏在一片坚硬的灌木丛中，树枝把我脚踝割得满是伤痕。在这条荆棘丛生、怪石嶙峋的山间小道行走，得穿上专业的登山靴才行。但是如同我没加满油就上路一样，我穿着双单薄的运动鞋就踏上了这条朝圣之路。

这条小路的最后一段更加狭窄陡峭，我已经大汗淋漓了，背着背包的背部已经湿透了。

“大哥，你也太沉了！”我气喘吁吁地说着。

我继续前进，但中途不得不停下来休息好几回，最后终于爬上了山顶最高处的悬崖。我双手掐腰，喘了好多下，才恢复了点儿体力。

从这里望去，观景台已经小得可怜，就像孩子的玩具一样。

尽管我的脚火辣辣地疼着，但我还是转过身去开始观察山脊上怪石嶙峋和在山顶绵延了几千米的悬崖。若把观景台当作参考点，我推断自己比预期的要更接近目标，当我绕过三个小山丘之后，终于在一块都是碎石的平地上看到了那个小木屋，证实了我刚才的推断。

虽然已经筋疲力尽，但一想到马上就能到达光正先生的住所，我就鼓足了力气，超越自己体能极限继续向前走。

没有花太长时间，我总算走到了小木屋前。这里很是荒凉，仿佛就是世界的尽头。到底是出于什么疯狂的原因，竟然会有人在这儿建了这座像瞭望塔一样的小木屋？

木屋外墙已经褪色，门外堆积着枯叶，我推断这里应该已经很长时间没有人居住了。四周空气十分潮湿，开始起雾了。我在雾气中透过玻璃艰难地向里面张望，结果只模糊地看到一张桌子和壁炉的轮廓。

我离开小木屋，沿着山的边缘绕过这一小块平地，直到山路崎岖难以通行才停下来。我脑袋里萌生出一个疯狂的想法，就是继续沿着最后一段峭壁爬上山峰的最高点，这就需要在没有登山工具的情况下，爬到那个像鹰巢的地方。

我在悬崖边坐下来，两只脚悬空垂下。此时，我把背包立了起来，用一只胳膊搂着它，幻想着它就是我的哥哥，而我就像在搂着哥哥一样。

“快看，乔纳森，”我指着远处的观景台说，“几个小时之前我还在离这里那么远的地方，而现在我已经走到这里了。你也一样。”

突然，一阵狂风从身后刮过，猛烈地击打着悬崖上的花岗岩。似乎在表示这片连绵起伏的山脉对此有自己不同的意见。

“哥，这里好像不太欢迎我们俩。”我站起身来，自言自语道。

一阵突如其来的狂风使我失去平衡，我一下没站稳就倒在地上，碰倒了背包，转眼间，沉重的背包就坠入深渊。我距悬崖仅一步之遥，惊恐地看到背包在山峰凸起的岩石间反复弹跳了两次，直到坠落在植被茂密狭窄的山谷深处。

恰好这时风停了下来，四周十分寂静，这才让我聆听到哥哥人生最后旅程中的微弱响动，我甚至都没有让他如愿在他选定之地安息。我又一次成了罪人。

站在悬崖边，我愤怒而绝望地流着眼泪，期望再刮一阵狂风也把我吹下悬崖，让我也随哥哥而去。但周围一片死寂，压得人喘不过气来。

怀着失望透顶的心情，我开始盘算如何下到山谷深处。这时，什么东西从背后轻柔地碰了碰我的胳膊。

这轻柔的触碰几乎没有触及我的皮肤。我花了好几秒钟才反应过来，这温暖的触碰来自我一直想要寻找的那位老人的手。虽然他的手指只是轻轻环绕着我的手臂，但我确信，它会像船锚一样紧紧地抓住我不放松。

第六章

“天坛牌”珠茶①

“我知道你的人生不太如意……但一切到今天为止。”

说话的是一位消瘦但身材高挑的东方男人。红色毛线帽下黑色的眼眸闪着光亮，如同在宁静的小溪中的一块鹅卵石。

虽然他的脸由于日晒显得十分苍老，但我还是不敢随便猜测他的实际年龄。毫无疑问，他已经年纪很大了，而且独自生活了很长时间。

“我刚刚不小心把背包掉下山了，”我解释道，“你绝对想象不到这对我来说是多么不幸。其实，我原本想……”

“别难过了，孩子……”他微微弯下身子，朝我微笑着说道，“人生总是充满各种意想不到的事情，有好事，也有坏事。那些爬到这里的人总会跟我说各种各样稀奇古怪的理由，但

① 一种茶叶，起源于中国浙江省绍兴市平水镇，又称“平炒青”。

我总是请他们做同样的事情。这是我作为这片群山守护者所拥有的权力。”

“你让他们做什么？”

老人眯着眼睛，似乎他要回答的内容让他感到为难。

“我对他们说，独自一人在这里寂寞难耐。所以，在你去做你想做的那件事之前，我想先请你陪我喝一杯茶。茶总是要两人一起品才香，不是吗？”

“我每天只喝咖啡提神，几乎从来没有喝过茶。但我非常乐意接受你的邀请。”

老人对我的决定感到很高兴，微微躬身之后，就走下悬崖，尽管山路崎岖，但是他驾轻就熟，可以精准地避开崎岖难走的地方。在前往小木屋的路上，他一次都没有回头，就好像确信我一定会一直跟在身后，履行和他一起喝茶的诺言。

我已经可以完全确认，这个人就是光正先生。

进到木屋，他屋内装饰之朴素和他的热情好客让我惊讶不已。木屋虽小，只能摆放得下生活必需品，但五脏俱全。

老人把水壶放在煤气炉上加热之时，我四处张望，客厅里有一张乡村风格的桌子，配了两把椅子，上面铺着粗麻的桌布。桌子靠在窗边，成了一个小小的书架。上面随意摆放着十几本书，这些书之间也没什么关联，也许是之前自杀未果的访客留给老人的礼物。在约翰·福尔斯所著的《魔法师》旁边，有一本有关“森林浴”[①]的书，和几本怀俄明州山地徒

---

① 此概念源自日本，指调动所有感官来近距离接触、体验大自然。

步的旅行指南，还有一本安东尼·萨马拉基斯所著的《漏洞》。光正先生充满活力的声音打断了我的好奇之旅。

“我会煮一点中国的珠茶。”

他取了一小撮像黑珍珠般的茶叶投进沸水中后，把茶叶盒放到了那张桌子上。我明白他应该是想让我看看，于是我在手中转动着那个四方的绿色茶叶盒，上面写着“天坛牌”，盒子里装着老人刚刚跟我说的那种茶，重量 250 克。

“这应该是我能买到的最便宜的茶了。一般冲泡半升茶只需要十几颗这样小球状的茶叶，遇到热水后卷曲的茶叶会在水中渐渐伸展开，虽然是很普通的茶，但也十分有味道。大家喝珠茶一般不会用复杂的方式冲泡，我也不会。在茶艺这方面我不太像日本人……而且我差不多有好几周没有喝日本煎茶了。”

说着他就将茶水倒进一个赤陶茶壶中。然后把茶壶轻轻地放在一个下面置着蜡烛的架子上。

他倒茶的动作既流畅又自信，显然这套动作他已经重复过上百次，十分优雅和精准，但每一次却又是与众不同，独一无二。

“不好意思……刚才你说丢了什么东西？”他在桌边椅子上坐下问道，同时把茶水倒进两个白瓷茶杯中。

“我丢了太多东西了，”我回答道，完全没有意识到他其实是在问背包的事儿，“那是段漫长的故事……但对我来说，我更希望听听你的故事。”我说道，完全进入了记者的角色。

“我的故事？”

“是的，我听别人讲起过你。罗斯，不知道你是不是还记得她……”

“罗斯……”他惊讶地看着我重复道，“我从来不会忘记别人的脸或者嗓音，但不得不承认，我在记名字方面不太在行。我听到过太多的名字，有些确实记不起来了。”

光正先生说话时总是挥舞着他修长而又结实的手臂，一双细长的眼睛仿佛能看透一切事物的本质。

“你是一直在这里挽救别人的生命？”我坚持问道，“还是仅仅只救了罗斯？我刚才仔细想了想，跋山涉水一路走到这里十分不容易……”

“有很多人都爬上来过。太多了……”他一边脱下那顶红帽子露出如僧侣一样的光洁头顶，一边充满悲伤地说道，“正是因为这个原因，我才搬到这儿来住。我的使命就是守护和倾听。”

房屋突然寂静无言，但并没有让人感到不适。我喝了一口茶，味道虽然酸涩，但却足以使人精神一振。我内心感受到一种从未有过的平静祥和。这时，我发现厨房的墙上挂着一副望远镜，边上有一扇门，里面应该就是他的卧室。

“我希望能听听这些故事……那些一心寻死的人如何重新燃起对生活的热情呢？”

“你真的想知道？”他带着一种调侃的表情问我。

“是啊，否则不会向你请求了。”

光正先生轻轻地晃了晃头，从炉子上拿起茶壶给杯中再次斟满了茶水。

“好吧，那我就讲给你听……”

第七章

同情心

“大约一周之前，一个叫欧文的年轻人坐在你现在的位子上。”

我认真地倾听着老人讲话，不想错过任何一个细节。我深知好故事往往都是由细节构成的，但往往这些微不足道的细节最容易被忽视。

我们细品着热气腾腾的茶，几分钟的时间，窄小的客厅就变得雾气缭绕，同时，光正先生开始讲述起关于悬崖的第一个故事。

“欧文将来肯定是一个特别的人……我看到他的那一刻就认定了。但是他自己却并不知道。我要是有个可以预测未来的水晶球该多好啊，这样就可以展示给他看了！”光正先生叹着气说道，“我初识他时，他只能看到自己生活的表象：一个脸上长满青春痘的胖男孩儿，皮肤惨白如牛奶一般。外貌虽然总有一天能改变，但是一直以来他都因为外貌的缘故被班上同学嘲笑欺负。”

当我看到他在悬崖边徘徊时，直觉告诉我大事不妙。

一个学生独自一人在星期二的早晨，到这个荒无人烟的地方来做什么呢？

那时我正巧坐在窗边的桌子上静静地看着书，我突然记起诗人小林一茶的俳句“婆娑红尘苦，樱花自绽放”。

托尼，你信吗？我觉得这不是偶然的。当时我正回想着这句话，抬头一眼就看到了那个男孩儿，他穿着一身黑衣、肩上挎着背包。我立刻放下书跑了出去，小林大师请原谅我！经验告诉我，对一个饱受摧残折磨的灵魂来说，可能只要千分之一秒，他就会做出错误的人生选择。

当我赶到那里时，欧文已经在向悬崖下张望了。但幸运的是，他残存的一丝理智让他没有迈出那一步。为了避免吓到他，我小心翼翼地从后面靠近。悲伤的巨大阴影笼罩着他，我忍不住叹了一口气。

听到有人在后面，他非常吃惊地转过身来，完全没想到在这儿还能碰到其他人，按照常理判断，怎么会有人在周二的早晨来这个悬崖的附近呢？不可能有人。此时此地，只有我和他两个人。我可以肯定，这绝对超出了他的预想。

我伸出手搂住了他的肩膀，对他说了附近几处山峰的名字，并告诉他从这里远眺可以看到它们。他神色紧张，极力掩饰，但最终还是卸下防备大哭起来。他明白我已经察觉到他的意图了。

我对他说道：“孩子，其实你并不想迈出这一步。我已经岁数很大了，我的人生经验十分丰富，我想你的背包里肯定装着能让你感到幸福快乐的东西，希望你能拿出来同我讲讲。”

欧文听了之后害羞地笑了，我正好抓住这短暂的时刻向他解释，我独自一人在山上，十分孤苦寂寞，如果他能赏光接受我的邀请，与我一起喝茶，就是对我这个可怜的老头最大的帮助了。

“那个男孩怎么说？”我迫不及待地问道。

“他恨不得立刻就跟我走。如果你要是问我的话，我会说其实是这个年轻人自己救了自己。就像小林大师说的那样，‘婆娑红尘苦，樱花自绽放’。”

“确实如此，”我表示赞同，又喝了口茶，“青春的时光一去不复返，以后我们都会怀念那段美好的时光，但对正处其中之人而言，成长并不是一件容易的事儿。”

“其实并非如此，因为你会发现成长就是一瞬间的事，忽然之间你就被童年抛弃，被放逐到尔虞我诈、竞争激烈、嘲笑欺负弱者的成人世界。

这就是在欧文身上发生的事情。从小学开始，班上就有三个同学让他的生活痛苦不堪。他聪明伶俐、成绩优异、性格和善、是老师们最喜爱的学生之一，但这些一点儿用处都没有，都无法让他摆脱痛苦。

那三个霸凌者无休止地欺负欧文。很快他们就找到了欧文身上的弱点：他很胖，体重超标，体育课成绩很差；他内心过于脆弱，不够坚强。

小学毕业后，他松了口气，心想升入中学结识新同学后情况就会有所好转。但是好运却没有降临。开学第一天走入教室的那一刻，他就看到了那三个坏蛋。此后他再无宁日……即使他最喜欢的绘画，也无法帮他摆脱痛苦。

讲到这儿时，光正先生激动地站起了身。

“如果你看了他画的画，你就知道他是多么有天赋！他给我展示了几幅他画的翠鸟，我都感觉到那些小鸟在我手里活过来要展翅飞翔一样！”

“但是当他进了中学之后，发现还要忍受那三个坏蛋折磨的时候，他有做什么反抗吗？”我又转回话题的重点问道，“他为什么不告诉自己的父母，然后换个学校呢？”

“欧文是个特别腼腆的男孩，就算在家人面前也一样。而且他妈妈长年深受抑郁症折磨，他不想因为这些事给妈妈徒增烦恼。正是因为这些原因，他才最终决定把自己用橡皮擦掉。”

“用橡皮擦掉？”

“我也像其他人一样问了同样的问题，他对我解释道，‘是的先生，用橡皮擦掉，就像对那些没有画好的人物一样。’自此以后他开始自暴自弃，坐在教室的最后一排，不再按时交作业，不再和任何人交流。有时候甚至不去上课，无所事事地到处闲逛，不顾健康地胡吃海喝。他变得越来越胖，只能找些肥大的旧衣服穿。这些衣服是他在家中的衣柜里找到的，是他叔叔的。他的这位叔叔患有精神分裂症，多年前卧轨自杀了。”

不知不觉中，欧文走上了一条通往悬崖边的堕落之路。

“这样他至少可以摆脱那些讨厌的坏蛋了。”我补充道。

“完全没有……”老人重新坐了回来，说道，“他的敌人是一帮没有怜悯之心的捕猎者，即使欧文已经被他们折磨得遍体鳞伤，但这些人仍然对他紧追不放，他们以折磨欧文为乐。欧文成了他们掌中的玩物，他们可以随意拿他取乐，同时他也不再是老师眼中的好学生。欧文被整个世界抛弃了。”

从此那些坏蛋开始肆无忌惮地折磨欧文。他们处处设绊，甚至有天下午把欧文从楼梯上推了下去。欧文没摔死简直是个奇迹。

“其他同学难道对此也不闻不问吗？”我愤怒地问道。

“不仅不管，甚至还有人跟着嘲笑欧文……有些同学虽然也同情欧文的遭遇，但也不愿意施以援手。爱因斯坦曾说过：‘这世界不会被那些作恶多端的人毁灭，而是冷眼旁观、选择保持缄默的人。’

这样的折磨持续了好几年。在班级里，欧文逐渐变成了一个不受欢迎，空占着座位可有可无的人。没有同学跟他说话，即使老师也一样，大家给他贴上了“懒虫”的标签，却没有人发现他正饱受抑郁症的折磨。我想那些霸凌他的人应该也没有发现，他们仍然肆无忌惮地从学校一路跟他回家，嘲笑着折磨他。

只有每天晚上他在自己房间里独自一人静静地画画时，欧文才能感到些许快乐。他随身携带的那本素描本上，除了那些小鸟，我还看到了一个不可思议的快乐王国，那里所有的人都是那么快乐。光正先生抬手摸了摸头，压低声音说道："如果不是因为发生了后来那件事——那是压倒他的最后一根稻草——绘画原本能够让欧文实现自我救赎的。"

"后来发生了什么？"我生气地问道，愤怒的情绪让我也不自觉地想要站起身来。

欧文身上这段不幸但却具有普遍性的遭遇，唤醒了我当年从事新闻行业的初心：让世界睁开双眼，向大家讲述那些无人关注的事件，揭露批判那些被忽视的残酷的事实真相。

重拾良心和底线是对抗这个残酷而冷漠的世界最好的良药。

这个欧文的遭遇和世界上那些千千万万个欧文的遭遇，应该被写成报道在学校里传阅，让所有师生都看到。但在这之前，我还想要继续听剩下的故事内容。

"欧文感到被困住了，"光正先生接着说道，"但他也逐渐学会了如何在这样的夹缝中生存。或者至少他自己是这么想的，直到那些坏蛋趁他在更衣间换衣服时偷拍了几张照片。第二天，整个学校都张贴着欧文肥胖的裸照。所有人都看到了照片，包括欧文暗恋的那个漂亮的红发女孩。”

光正先生停了下来，站起身去给茶壶里添了些水，悲伤地看着壶里已泡得变软的茶叶，接着说道：

“那天他跑出了学校，也没有回家，他告诉我他一整天都在城里漫无目的地乱逛。后来他上了一辆长途客车，在饥饿和恐惧中度过了一夜。第二天一早，他惊讶地发现自己来到了这座山。早上七点如果我没有在悬崖边成功阻止他，接下来他就要跳入深渊告别人世了。”

“后来你还做什么了？”

“我能感受到，欧文其实并不想迈出这一步，但同时他又十分迷茫，不知该如何回头。”他边说边向茶壶里再次加入了热水，“他的内心正进行着一场激烈的斗争。我向他发出陪我一起喝茶的邀请，让他心里的这场战争得到几个小时的停战休息。我把他带到小木屋里，递给他一杯茶，那是我泡过的最好的一杯茶，然后全神贯注静静地听他讲述。这个孩子极度需要把内心的痛苦发泄出来。”

光正先生泡了第二壶茶，并再次斟满了我们的茶杯。

“每个来到这里的备受折磨、痛苦失望的灵魂都需要某种慰藉。我几乎没有时间猜测它是什么。那个早晨是欧文跟我在一起的第一个早晨，我们喝了茶并吃了早饭。他不停地说着自己的故事，随后在你现在坐着的地方安静下来。”他指了指我的座位，“他呆呆地盯着窗外，不知不觉中我竟然睡着了。”

他做了个巧妙又戏剧性的停顿，光正先生可真是个讲故事的高手。也许因为他听过太多的故事，所以非常懂得如何抓住听众的注意力。

“我突然惊醒了，看到欧文不在桌旁，吓了一跳，我担心最坏的事情可能还是发生了。但当我看到他靠墙坐在地上，一堆画笔散落在他四周后，我长舒了口气。他正聚精会神地创作着。那一刻，我感受到一束奇妙的亮光照亮了整个客厅，那束光既不是窗外照进来的，也不是屋里的灯光发出的，而是来自这位年轻人的灵魂深处。”

我喝了一口茶，现在的味道比头泡柔和了许多，但不知怎的，反而让我觉得更加回味无穷。我越听越入迷，不愿错过这位日本老人的任何一句话，他也渐渐讲到了故事的结尾。

“欧文虽然已经在这间小木屋里卸下了心头沉甸甸的负担，但拯救工作还远未结束。现在他就像是一只浑身无力、脆弱无助的小鸟。我虽然把禁锢他的鸟笼打开了，但他还不知道如何飞出来。对他来说，外面的世界仍然危险重重，所以我决定给他时间，慢慢来。”

“你是怎么做的？”

“我邀请他和我一起住在这里。”他用一种十分确定的语气答道，仿佛这是世界上最显而易见的答案。

“我估计他应该第一时间就接受了吧？”我问道，为这位我素未谋面的男孩寻找到了内心的救赎之路而感到十分开心。

光正先生轻轻地点了下头，对我的问题做了肯定的回答。

“我只向他提了两个条件。”

我饶有兴趣地望着光正先生。

“第一，给他母亲打电话报个平安；第二，当我的助手。”老者回忆起当时的场景不禁微笑起来，“此后每天我们都沐浴着晨光起床，然后我静坐冥想，他则静静地画画。毫无疑问，这就是他的人生自我救赎之道。之后我们一起打扫屋子，出门沿着陡峭的悬崖四处巡视。”他喝了口茶，“到了晚上，我在屋里读书，他则继续创作。我们每天的生活就是这么简单平静。”

“那他一般都画什么呢？他听从你的指挥吗？”

光正先生不解地望着我。

“这间小木屋里是自由之地。他会时不时地向我展示他的画作。因为他绘画上的天赋，在他心里总能迸发出描绘世间万物的灵感，这些形象又在他的手中获得了生命力，变得栩栩如生。”

我不再打断他，过了几秒后他继续讲道。

“通过日复一日的徒步和绘画，欧文慢慢地恢复正常。看到他像凤凰一样涅槃重生，真是太令人开心了！”

“就这么简单？”

“谁说这个过程简单了？我刚刚说的是慢慢好转，并非一蹴而就，也不是毫无痛苦、毫不费力。”

光正先生向我投来生气而又惊讶的眼神，仿佛对于我如此不灵光而感到吃惊。

“每隔三天我们都会下山去小镇上。”他最后开口说道。

“你就这么撇下小木屋不管了？”

我的问题实在太过愚蠢。很明显，就算是平时，老人也得时不时地下山去采购。然而，由于记者的思维方式我还是有很多新的问题：他年纪已经很大了，是如何做到翻山越岭下山又背着重物上山回来的呢？有什么人帮他吗？总有一天他会因为年纪太大而无法再做到这些……或许是那些被他救过的人会时不时地来这里给他送食物和其他生活用品吗？

“我们需要每隔三天就给他母亲打电话报个平安，你记得吧？这是我和他约定的两个条件之一。他的母亲是一位很有亲和力的女性，在那几周时间里，我和她建立起一种无形的友谊……虽然我们未曾谋面，但跟其他很多人相比，我觉得还是我更了解她！她希望拯救她的孩子，这也能够帮助她的抑郁症不再恶化。她开始竭尽全力尝试治疗：定期接他去看心理医生，并参加了社区的一个互助小组。”

我们两个人的目标是一致的：希望欧文幸福快乐。实际上，从来没有人与我在这间木屋里同住过这么长时间……或许你能超过他，这谁知道呢？我不否认自己对那个心地善良的男孩心生关爱。我告诉他，要想得到他人的尊重，首先必须学会自己尊重自己。这意味着必须每天洗漱收拾、剪掉乱糟糟的头发、尽量穿着得体。这并非为了取悦什么人才这么做。哦，不对，还是要取悦别人，那个别人就是他自己。当他得知他母亲深爱着他，为了他愿意竭尽全力与抑郁症做斗争时，他重燃了活下去的动力。此外，我猜测他的绘画天赋也对他获取自信产生了一定作用。但不管怎么说，我不知道如果没有后来的那通电话，他是否真能恢复过来……”

“什么电话？”我紧张地问道。

老人和他的故事简直让我如痴如醉。

“那天我像往常一样陪他去了镇上，我们买了一些必需品和一个笔记本，然后去了公用电话亭给他母亲打电话。”

“然后呢？”

“那天他母亲并不是独自一人在家，有客人去她家探望了她。”

他站起身走向窗户。

有一瞬间我觉得他好像要让故事就这么戛然而止了……正当我要表达不满，希望他继续下去时，他转过身用闪闪发光的眼睛看着我说。

“我们成年人总觉得爱情是自己的专利。但事实并非如此。”

他的这句话让我始料未及。

“我不明白你指的是什么。”

“不，你应该明白的……我们总觉得小孩子或者少年之间的爱情是无所谓的，好像只有我们成年人才懂得什么是真正的爱：我们确实知道如何去爱。我们的爱强烈、深沉又无所不能。但爱就是爱，它埋藏在我们每个人的身上。欧文马上就会证明这一点。”

那天一位红发姑娘正同他母亲一起吃下午茶。她叫劳伦，是他在学校的同学，就住在一个街区之外不远的地方。每天放学回家的路上，她都会经过欧文的家。那件事发生后的第三天，她鼓足勇气敲响了欧文家的门。或许是出于好奇，也可能是担心和受老师的鼓励，又或许是她父母教育她要团结同学、有同理心……但事实上是她特别想知道班上那个画画特别好、胖胖的男生到底发生什么了。她想要告诉欧文，她和她的两个好朋友都觉得，裸照闹剧的玩笑开得实在太过分了，完全不能被原谅。一位伤心难过到浑身颤抖的女人透过纱窗对她说：欧文失踪了。

这个消息让她非常震惊。第二天，她再次来到欧文家询问他的最新情况。那时欧文的母亲正在后花园锄着杂草。劳伦就提出想要帮忙，并向欧文的母亲详细讲述了一周前发生的事情，让她明白欧文失踪的原因。欧文的母亲告诉劳伦，目前欧文正住在森林里的一个小木屋中，因为在那里他才能感受到安全。劳伦说，学校里的一些同学也因此事感到非常愤慨，于是他们给校长写了一封反对校园霸凌的信。欧文并不是第一个受害者。因为欧文这件事，大家才知道有很多其他的同学，不论男女，深受那三位凌霸者折磨。因为其中一位受害学生的家长在当地一家报社工作，他发表了一篇揭露校园霸凌的文章。欧文应该知道这些！

“这太不可思议了！”我惊呼道，为这些青涩的少年们的事迹所感动。

“我还没说完呢……”光正先生不喜欢别人打断他，于是不耐烦地说道，“你想听故事的结局吗？”

“当然了……”

“就像我刚才所说的那样，那天欧文给家里打电话时，劳伦正好陪在他的母亲身旁。你还记得他暗恋班上的一个女同学吧？没错，就是劳伦。那天，我们的欧文小朋友并没跟他母亲通话，他妈妈识时务地躲到厨房去了……而我则在街上等了他足足一个小时，等他跟自己心爱的女同学聊天！当我们回到小木屋后，欧文好像变了个人似的。我在给他准备晚餐的时候，他滔滔不绝地对我讲话。饭后本应独自绘画的他，则兴奋地要教我怎么画画……”

光正先生笑出了声。

“你真应该亲眼看看他当时的样子。我不知道那个姑娘跟他说了什么，但是……”

“欧文完全变了！”

“但并非一夜之间……记者朋友，你不要总是这么火急火燎地。好故事如同好菜一般，都是需要慢火烹调的，记住了吗？”

自从那次通话之后，他们两人之间通了一次又一次的电话。劳伦总是在他家里等他打来电话，欧文则滔滔不绝地同他的女同学和母亲聊着天。欧文终于知道了从他离校失踪后发生的所有事情，这时时间已经过去整整一个月了！

“最后他决定回家，”我高兴地大声说道，“那些坏蛋受到应有的惩罚；他们在报纸上看到了自己的罪行被揭露。此后他们再也不敢轻易地欺负欧文了……”

“这个故事和其他千千万万的故事一样，虽没有什么特别之处，却也不是坏的结局。”老人斥责我道，“而是以爱为结局，懂吗？一位自强不息努力奋斗的母亲的爱，一群学生团结一致揭露不公的爱，以及……一位名叫欧文的年轻人的爱。”

慢慢地，我们这位小朋友逐渐恢复了自信。他知道母亲还在家中等他，很多同学羡慕他的绘画天赋，他现在也有了自己的朋友……支持他所做的任何决定。但不管怎样，我都牢牢记得最后那一天。那是一个再普通不过的周六，欧文到这里整整六周了！我开始有些担忧：我从来没想过把自己的小木屋变成一个收容所，但鉴于当时的情况，欧文在这里住下的时间还在不断延长。但在这只“小鸟”做好充足的准备展翅飞翔之前，我并不希望赶他走让他折翅受伤……

对呀，是劳伦！这个姑娘再次成为解决问题的关键。那个周六，我们再次去给她打电话时，她鼓足勇气向欧文说了之前的秘密。上学期，在一次绘画课前，为了欺负取笑欧文，有人偷走了他画的几幅草图。上面满是墨迹又皱皱巴巴的草图原本已被欧文扔进垃圾箱中，但现在却出现在劳伦的课桌上，还有一张纸条，上面写着挑衅的话：“班上的那个怪胎偷画你，今天他画你，那明天呢？”这出恶作剧不仅没有按照预想的让劳伦感到愤怒、生气或是害怕，反而让她惊讶不已，画得实在太好了！在她本人没有察觉的情况下，他是怎么画出这些画的？那天下午，劳伦终于鼓足勇气向电话另一端的欧文坦白，她把这些草图都珍藏了，因为她在这些画里看起来特别漂亮。

听到这里，我不禁想要鼓掌。

即使这段时间我感到生活中充满了不幸，我内心深处满是遗憾和痛苦，但我还是希望每个故事都能有个美好的结局。欧文是我欣赏的男孩子，他理应有一个和劳伦在一起的美好结局。我也是这么对光正先生说的。

老人笑了。

“你火急火燎的老毛病又犯了……”但这次他并没有斥责我，“我们的欧文小朋友最后回到了家和学校，并拥有了一大群好朋友。每个周末他都会去培训学校上绘画课，听他们说，经常可以看到欧文吃着冰淇淋，或者骑着自行车带着一个红发姑娘……至于故事里的其他受害者，因为那几个坏蛋仍然我行我素、毫不悔改，他们都有自己不同的运气和结局。后来，三个霸凌者，一个转学了，一个随他的家人搬走了，还有一个仍然留在欧文的学校，但是……他现在连碰都不敢碰一下欧文！”老人十分激动又接着说道，“我能知道这些，是因为两天前欧文回到这里告诉我的，那些霸凌者向他道歉并寻求原谅，还给他买了一套彩笔。他还给我画了一幅画，上面是一只美丽精致的蝴蝶，我把它珍藏在我那小小的回忆博物馆里，你想看看吗？”

“改天吧，”我心里突然升起一种不安的感觉，“天黑之前，我得下山去寻找那个掉下悬崖的那个背包。”

第八章

拯救未来的避难者

傍晚浅灰色的暮霭慢慢笼罩着山谷，我沿着这条荆棘丛生的小路向山下走去。这条路非常难走，脚下都是乱石，想要下到谷底不是一件容易的事儿。

一条小溪从这个狭长的山谷中流过，这里湿气很重，植被茂密，谷底就像是铺了一条半米厚的地毯一样。虽说我已到背包掉落之地的附近，但想找到它，还是得拿上一把砍刀用来开路才行。

在密林中艰难穿梭了半小时却一无所获后，我决定改变行动计划。

如果我想提高找到骨灰盒的可能性，最好的办法就是回到车上，在汽油耗尽之前开车到最近的小镇，买上一些必需的装备：我能找到的最大的砍刀，还有一双能保护我双脚的登山靴。

但在这之前，我还得解决一个最重要的问题：那就是找到那条通往停车场的上山小路。从我目前所在的位置向上望去，却怎么也看不到观景台。我只能依靠直觉和这双饱受摧残的脚，艰难地在崎岖的山谷中探寻着那条通往观景台的小路。

峭壁上有一条由凸起岩石组成的石阶，正当我试图沿着这条异常陡峭的石阶向上爬时，祸不单行，一声金属般的闷雷刺破了天空的寂静。

几分钟后，倾盆大雨如诅咒般落在我的身上。

慌乱之中为了尽快重新找到一条上山的路，我迷失了方向，误入一片灌木丛，这片灌木丛如同一堵高墙般挡住了我的去路。我惊慌失措，准备返回光正先生的小木屋，这时第二声响雷伴随着更猛烈的暴雨不期而至，我瞬间就被浇成了落汤鸡。

害怕自己就此送命，我手脚并用地不断向上攀爬想要回到悬崖附近的小木屋，然而此时山路十分湿滑泥泞，我不断往下滑落。

我艰难地向上爬了半天，但连十分之一路程都没走到。这时幸运女神降临了，在我面前忽然出现一个小小的岩洞。岩洞虽然不太高，也没多深，但足以让我暂时躲避暴风雨了。

进去之后，幸运女神再次垂青于我。一个满是灰尘的物件摆在洞中，靠近之后我才发觉竟然是一个叠起来的毯子，看来很早以前曾经有人在这里避难过。这位陌生人的一个小小的善举救了我的命。

我赶紧脱掉湿透的衣服，把自己裹进那个厚实的羊毛毯子里，瞬间我感受到如母亲般的温暖。

我一边感谢着那卓有远见的前人留下的恩赐，一边闭上了眼睛，脑海中浮现出电影《德尔苏·乌扎拉》的一个场景。主角德尔苏·乌扎拉是西伯利亚当地的一位猎人，为俄罗斯勘探队在西伯利亚充当向导，旅途中他与勘探队员们在一处废弃的小木屋里度过一夜。在继续上路之前，乌扎拉向队长要来一些大米、盐和一盒火柴，想要留在这处避难所里。当被询问这样做的原因时，德尔苏·乌扎拉谦卑地回答道："如果之后有人来到这里，他们至少不会被饿死。"

这条毛毯让我浮想联翩，渐渐地疲惫占据了我的身体。我毫无知觉地沉沉睡去了。

第九章

指路明灯

当我在黑暗中醒来的那一瞬间，我异常惊慌。寒风吹到了我脚边，我才醒过神来，几秒钟后才想起来我正处在一个山洞里躲避暴风雨。显然，此时夜幕早已降临了。

我像只啮齿动物一样，谨慎地观察着四周的环境，并没有从毯子里出来。警惕地听了听四周的动静，暴雨已经停了，只剩树叶随风在沙沙作响。

我摸了摸脱下的那身湿衣服，感觉比刚进洞时干了不少。但当我穿上它的那一刻，才发现这只不过是我的错觉罢了，湿漉漉的衣服紧紧地贴在了身上。我把毯子叠好，把它重新放在山洞深处——最开始我发现它的地方。

在我像一只黏糊糊的蠕虫一样离开山洞之前，我在口袋里找到手机，并打开它当作手电筒。在这个前不着村、后不着店的山谷没有任何信号，但借着手机发出的那些许光亮，至少可以让我走到洞口。

走出山洞，夜晚天朗气清、群星闪烁，我突然想起在德语课上学到的一句话，这句话反过来说也是对的。当你干了件坏事，比如拿走了不属于你的东西或者说了别人的坏话时，你会突然撞到脑袋或被绊倒，这种情况下德国人经常会说："恶人马上有恶报。"

反过来，我没有把毛毯带走用来取暖的善意之举也立马就给我带来了福报：当我极目远眺山顶时，我看到了灯火通明的小木屋，大约就在我头顶八十米高的地方。

我几乎被冻僵了，如果不想被冻死，我必须努力赶到小木屋才能获救。我只有这个灯光微弱的手机可用，估计用不了多久它就会没电。

出发前，我瞥了眼手机屏幕，发现已过了午夜时分，光正先生的小木屋里依旧灯火通明，这十分不寻常。我相信这位日本老人肯定有什么特别的理由，让他在这么晚的深夜还在耗费本就不多的蓄电量，小木屋所用的电是由太阳能电池板储存，我曾在屋后看到过。

也许他刚又救下了另一名自杀者并亟须与他交谈吗?

我对这位神奇守护者的行为产生了强烈的好奇心，这让我几乎忘掉了自己身上的寒冷。

我终于找到一条小路，虽然障碍重重，但它至少可以让我走上山顶。我不得不在荆棘丛生的小路上艰难前行，黑莓的棘刺像耶稣荆棘王冠上的刺一样扎在我腿上，我不得不时不时地腾出手来拔掉它们，同时还要躲避着各种凸起的岩石和那些横七竖八倒在地上的树枝，有几次我差点儿失足掉下山去。

当我距离通往小木屋的悬崖还有大概十米的时候，我的手机没电了。但天空中满是繁星，耀眼的星光洒在屋顶上，就像舞台上的聚光灯一样。

一天之内，我再次扮演起了迷路的登山者的角色，第二次回到这间小木屋，午夜时分，小木屋显得更加寂寥。

当我终于爬上小木屋所在的高地后，我加快了脚步。光正先生可能正在帮助某个想要自杀的人重拾信心，如果我在此时打断了他的谈话，他将是什么反应？

我小心翼翼地靠近木屋，贴着门仔细听屋里的动静，但根本没有任何谈话的声音。我怀疑老人开着灯睡着了，我正准备敲门时，发现门竟然开着。

“在这个与世隔绝之地，没什么可偷的。”当我悄悄地推开门，老人对我说道。

老人好像从头到尾对我在山谷里的遭遇都了如指掌，他微笑着欢迎我进屋，给我盛了一碗依旧在炉子上煮着的热汤。

“我一直在等你回来……喝汤之前赶紧先把湿衣服脱了，我给你准备了一件衣服，是以前一个身材跟你差不多的访客留下的。”

第十章

两份礼物

这件干衣服，是一位与我素不相识的陌生人留下的，还有那碗热乎乎的蔬菜味噌汤，这些让我活了过来。最后一小杯热清酒完全治愈了我。

“在我那间小小的回忆博物馆里，有一张专供访客休息的床。”光正先生收拾餐桌上的餐具时对我说道。

“在我去睡觉之前，如果你还没那么困的话，我想问你几个问题。”

“问吧……”他坐在了桌边，回答道。与此同时，他开始仔细地打量着我。

“我想知道当初你是怎么来到这里的。来这儿之前你是干什么的？为什么后来要住在这个荒无人烟的地方？”

“我的故事对于今晚来说太长了……不过我可以告诉你我

救的第一个人是谁。”

我十分高兴地点头同意了。这总比没有强，我又将听到一段新的救赎故事，这已经是继罗斯之后的第三个故事了。

“估计你应该也猜到了，我并不是本地人，甚至都不是这个国家的人。虽然我是一只城市里的飞鸟，但我从小就觉得高楼大厦、喧闹的街道、拥挤的交通和严重的污染……都不是我所喜爱的，难道你不觉得生活总是把你放在与你不匹配的地方吗？”

“这几乎就是我人生的写照。不过请你继续讲故事吧，拜托……”

“在我的童年和青年时代，及之后的很长一段时间，我总觉得我的归宿应该是在深山之中。所以，当我终于退休赋闲后，我的时间总算能归我自由支配了，我决定走遍全国各地去欣赏美景。”

改天我会再跟你详细聊聊我以前的工作，现在先简单地说两句。在差不多四十年时间里，每个工作日的早晨，我都得六点十分从家里出发去上班。通勤路程大概有四十五公里，路上十分拥堵，在办公室工作到下午六点才能下班，然后再开车四十五公里回家。你知道这么多年来我的通勤里程加起来得有多少公里吗？

我曾经粗算过，差不多每两年累积的里程就足够绕地球一圈了。但实际上，我从来没到过地球上其他任何地方。我没欣赏过任何令人惊叹的美景，也没有认识不同的朋友。因此，我决定拿出部分积蓄，尽可能快地多去旅行，这样就能在临死之前游遍所有我想去的地方。

“这个偏远的小木屋也是你行程中的一部分吗？换作是我的话，要是没有什么特别的理由，我是无论如何都不会到这儿来的。”

“这处悬崖是我行程中最重要的地点之一，或者说就是最重要的地方，”看到我的惊讶后，他用抗议般的语气补充道：

“我曾答应过一位很特别的朋友一定要来这里，虽然那个承诺已经过去多年了，但因爱而生的承诺永不消逝，永远不，所以……”

算了，先不说这些了。当我来到这里之前，我已经四处旅行好几个星期了。我感到非常幸福，因为在旅途中我欣赏到了许多碧海蓝天、青翠欲滴的美景。

一天清晨，我很早就爬上了这座山，就是为了观赏日出的美景！今天你睡得太晚了，改天你一定要早起一次看看日出。那真是奇妙难忘的经历，让我不由得想起约翰·列侬曾说过的一句话：“当你做了一件伟大的善举但却无人知晓时，请不要悲伤。就像每天清晨的日出总是那么美丽壮观，但大部分的人却仍在沉睡中无从欣赏。”

忽然之间，老人讲故事的节奏变慢了，我正好趁此时又斟满了两杯热清酒。

“当朝阳从群山之中升起之时，光芒照耀在每一块石头上，浸润到每一个缝隙之中，唤醒森林中的每一株植物……

尽管还是有很多人、很多事物生活在黑暗之中，但这仍旧是一个奇迹，在地球上数百万个不同地方，日复一日地出现。”

“那天我站在悬崖边，思考着这一切时，突然看到了她。我的第一反应是：多漂亮的一头秀发呀！真的，你别笑话我。”他用警告又不好意思的眼神看着我说道，“她有一头浓密而又顺直的白色长发，披散到了她的腰间。”

最初的惊讶过后，我在心中对自己说道，这个女人六十来岁，穿着虽然精致得体，但她身上貌似有一种不安的情绪。她就那么安静地独自一人站在悬崖边，似乎想把这美丽景色的每一个细节都记录下来，仿佛是最后一次欣赏这眼前的美景……

为了消除睡意，光正先生喝了一口我刚刚为他斟满的清酒，然后感叹道：

“最后的这个想法如闪电般击到了我！我不知道当时脑海里是怎么出现这个念头的，但我身上的每块肌肉都猛地绷紧起来，就好像它们拥有生命一般。在我还没反应过来之前，我的双手紧紧地抓住了她，此时她身体的一半已悬在了悬崖之外的半空中。”

“天哪……”

他露出神秘的笑容，我知道他已发现我脸上那惊讶的表情。

他用更加平和的语气接着往下讲，好像在努力从那些遥远而模糊的回忆中抓住这段故事。他似乎正在穿过一条长长的时光隧道，拨开那尘封已久的回忆，从中寻找他人生旅程中最初的那段时光。

“她穿着一身橙黄相间的长衫，颜色非常鲜亮……看起来有点儿像我小时候父亲给我做的那个风筝。山上时不时刮起阵阵大风，我冒着自己也可能被吹下去的风险，紧紧地抓住了她，以免她掉下去。这就是那天早上在悬崖边发生的事儿。”

有人说，当你濒死之时，眼前快速闪现过往人生经历。当我意识到我可能被那个女人一起带到深渊之时，我的一部分人生经历瞬间在我眼前闪过。

我没有为了自己活命放开她的手，而是拼尽全力反向把她往上拉，我猛地摔倒在地，那个女人也倒在了我的身上。

“然后你做了什么？”我非常感动，继续问道。

“最开始什么也没做。那个女人一直不停地哭，我就那么陪在她身旁让她慢慢发泄。‘让她自己感受’，那些格式塔疗法①不就是这样说的吗？”

她的泪水渐渐打湿了我的衬衫，胸前已经湿透了，我开始轻柔地抚摸着她的秀发安慰她。当我觉得她慢慢平静下来后，我一句话也没说，只是小心翼翼地抬起她的脸。她如深井般的双眼中充满了绝望。

我扶她站起来，我们两个人就那样站在悬崖之上。那是我第一次面对一个企图自杀的人，我无所适从只能给了她一

---

① 由美国精神病学专家弗雷里克・S. 皮尔斯博士创立，是自己对自己疾病的觉察、体会和醒悟，是一种修身养性的自我治疗方法。

个拥抱。她笑了一下，就好像那天的太阳再次升起一样。

但我却感到恐惧不已。如果我只跟她说几句鼓励的话就离开，我若转身离开，她可能还是会再次跳下悬崖。而那时我却再也无法救她。

为了赢得更多的时间，我问她："你想不想跟我讲讲你的故事？"

"什么故事？"她小声问道。

"就是你的故事，我们每个人都有自己的故事。我叫光正，你呢？"

"我叫阿曼达。但是，我们要在这个世界尽头一样的地方聊天吗？"她一边问我，一边随手将头发绾成了一个髻，"连一杯茶都没有？不得不说我的一天并没有以最好的方式开始……"

我不由得笑出了声。不管怎么说，幽默感是这个女人身上最迷人的武器之一。她有这间木屋的钥匙，并邀请我进去做客。

"在这里第一次喝茶的时候都发生了什么？"我问道，希望他可以回归故事的主线，我想知道阿曼达的故事，"是什么让一个如此特别的女人来到悬崖边想要自杀的呢？"

光正先生把他孱弱的手放在我肩膀上，好像在感谢我提了这个问题。他在这间小小的客厅里四处张望，好像回忆最初在这里的点点滴滴，那时他刚刚开始在这里与企图自杀的人喝茶，帮助他们排解人生的痛苦。

“托尼，通过这次经历，我学到了很多东西。阿曼达才是真正的人生导师。我最开始学会的是——不要轻易评判任何人！每个灵魂都有活着或者想死去的理由，而我的首要任务就是倾听，而不是去评判它。”

“我在这座山上已经看过无数次的日出了，”她对我说，“虽然我来自纽约，但我年轻时就和我的男朋友发现了这个地方，那时候我们正在旅行，一路搭便车，横穿了整个国家。我们爱上了这个地方。那时我在学绘画，他则是摄影系的学生。我们都痴迷于这里的光影和多彩的颜色。我们发誓当我们可以以绘画和摄影为生的时候，一定要买下这间小木屋，它那时属于拉克菲尔德的一位律师。”

“后来他们如愿以偿了吗？”我追问道，他记得那位女士所说的每一句话。毫无疑问，她的故事深深地吸引了他，或者远不止于此。

“她告诉我，从艺术学院毕业后，她教人画画、为杂志画画，不停地从一个城市搬到另一个城市……直到有一天幸运女神敲响了她的房门。你能相信吗？一位著名的艺术评论家在一本知名杂志上，为她的一幅画写了个短评，那是她为一家希腊餐馆的菜单创作的插图。”

“我们永远不知道幸运在哪个角落里等着我们……”我凭经验说道，“不幸也是一样。”

“那时她正在希腊的一家餐馆当服务生，一位画廊的老板去那家餐馆吃饭，偶然间了解到她的作品……就这样，这家画廊的大门向她敞开了，她在那里举办了首次画展。十年后，阿曼达终于履行了诺言，买下了这间小木屋，但不是和那个摄影师男友，而是与她第一任丈夫，一位纽约的经济学家。她丈夫觉得小木屋的日子极度无聊。”

五年后两人离了婚，她决定自己留下这间小木屋，并且时不时地过来小住，有时独自一人，有时有他人陪伴，比如她的第二任丈夫，她的几个情人，朋友或者学生……那段时光她非常快乐，她觉得在这间屋子里她创作出了自己最好的作品。

“为什么那天清晨她还想要跳崖自杀呢？”我好奇地问道。

“我也问过她同样的问题……”光正先生喃喃道，“过了好几分钟，她才回答我。她没有抬头，一直盯着茶杯，好似在解读茶杯中的茶叶形态。许久过后，她突然开口继续说道：‘我患有阿尔茨海默病。虽然我不知道自己什么时候会停止呼吸，但我却知道自己大概什么时候会失去活着的意义：最多不会超过一年。或者你也认为只要呼吸就还算活着，光正先生你是吗？活着意味着拥有绘画、欢笑、旅行、思考、讲述、回忆、幻想和爱的能力……但十二个月之后，我再也做不了这些了。阿曼达·西恩，艺术家、爱人、朋友和老师，我将失去所有这些身份。我的脑海里将不再有色彩或是声音，只有一片空白和寂静。你觉得这还算是活着吗？’”

“你当时怎么回答她的？”我悲伤地问。

“那时我只会闭着眼睛大喊：‘不可能！’阿曼达生气地看

着我，她确实有理由那么做，她已经接受了生命对她最终的审判。”

“这个陌生人是谁啊，为什么要为她发出尖叫？幸运的是，她明白这喊声是我发自内心对她的关心，因此我并没有被赶出小木屋。那天清晨她不仅没有那么做，反而送给我一份无比珍贵的礼物。或者更准确地说是两份，这两份礼物彻底改变了我的人生。”

外面天已拂晓，老人的讲述再次戛然而止。事实再明显不过了，他就是在调我的胃口。故事在高潮处骤停，这牢牢地抓住了我的好奇心：这位令人钦佩的女性到底送给光正先生两份什么样的礼物呢？

“阿曼达让我重焕新生，她使我的生活充满了意义，”光正先生在我开口问之前，继续讲了起来，“她把我变成了悬崖的守护者，就像你之前称呼我的那样。在互相拥抱准备分别之时，她问我：‘你知道刚才在悬崖上的时候，我在想什么呢？’”

我充满好奇地望着她。她站在门口，沐浴着晨光，我觉得她就是世上最美丽的女子。在我启程返回拉克菲尔德的旅馆之前，我觉得阿曼达好像已经变成两个人：一个正要迷失在遗忘隧道之中，另一个则永远熠熠生辉。此时，她回答我说：

“我在回想从我出生以来握过的所有的手……我父母和祖父、祖母的，我男朋友们的，我同学的，那些记者和同事的……最后是一双陌生人的手。你的手将是我握过的最后一双手。”

第二天上午，我吃完早饭退房后，前台工作人员递给我一封信。里面是小木屋的钥匙和一张纸，上面写着："感谢你在最后时刻向我伸出的那只手。祝好，阿曼达。"

讲到此处，光正先生十分激动，用白色亚麻手帕擦了擦泪水。等情绪稍稍平复后，他摘下了毛线帽把它放在桌上，向那天清晨故事中的女主角脱帽致敬。

"阿曼达把她最喜爱的小木屋转赠给了我，并且还给了我一些更有价值的东西……她交给了我一项，让我人生充满意义的使命，自此我变成了悬崖的守护者，向那些选择这里作为人生终点的绝望灵魂伸出最后时刻的那只手。"

"阿曼达后来怎么样了？"

"后来我再也没见过她了……"他难过地说道，"我想正如医生警告的那样，几个月后，阿曼达可能开启了她通往内心深处的那段旅程，可能因为太过深入，以致她忘记了回家的路。在这之前，她曾给我寄来过一幅油画，就是你床头上的那幅。"

第十一章

小型回忆博物馆

我回到客房时已是凌晨三点了，我本以为自己只会在这里睡一个晚上，但后来的结果证明我错了。

在小木屋简陋的盥洗室里冲了个冷水澡后，我坐在客房的床上。客房就位于光正先生卧室的正前面。

阿曼达·西恩最后送给光正先生的那幅油画尺寸虽然很小，但却非常有意义。我目不转睛地盯着画中那只在半空中伸向另外一个人的手。

如果我能给手机充上电的话，为了以后报道悬崖守护者，我会给这张油画拍张照，当然还应该有悬崖守护者光正先生的照片：他面朝远方，眺望悬崖时候的照片；他在厨房给茶壶里的水加热的照片；以及他在餐桌旁饮茶充当人生导师时的照片。

我忍不住开始幻想我在一家大型报社周日增刊上发表了这篇报道，尽管内心总有一个声音提醒我这样的报道可能不会引起什么反响。我刚刚抵达“守护者神殿”——我是这样称呼这间小木屋的——已经听到了三段跌宕起伏的故事。

但是，我还需要挖掘更多故事。

可还有另外一件麻烦事，那就是骨灰盒。乔纳森的骨灰还孤独地留在山谷中，我不能不完成他的遗愿。

我脑袋里胡乱想着这些，把那件比我大两个尺码的运动衫当成睡衣穿上，起身好奇地打量着被光正先生叫作“小型回忆博物馆”的地方。借助蜡烛发出的微弱光芒，我在窗台边找到了欧文画的翠鸟。在他的画中，线条和色彩都被运用得炉火纯青，碰撞在一起产生了一种奇特的效果，这幅画简直就是一个奇迹。

沿着墙壁我看到了一张照片，我觉得是罗斯和乔什婚礼的照片，里面的罗斯和乔什都青春洋溢。这应该就是罗斯准备跳崖自杀那天拿着的那张照片。里面那对新人光彩夺目，脸上洋溢着无比的幸福，丝毫不知道未来生命中将经历的磨难。

“幸福是如此不堪一击！”我端着烛台回到床边自言自语道。

当我把烛台放到桌子上时，发现了一本希腊著名诗人卡瓦菲斯的诗集，他出生在埃及亚历山大港。毫无疑问，这肯定是上一位住在这里的访客留下的。

我打开诗集随意翻看着，突然一首名为《蜡烛》[①]的诗，吸引了我。

来临的日子站在我们面前
像一排点着的蜡烛——
金黄、温暖和明亮的蜡烛。

逝去的日子留在我们背后，
像一排被掐灭的无光的蜡烛；
最靠近的仍在冒着烟，
冰冷、融化、弯下来。

我不想看它们：它们的形状使我悲伤，
回忆它们原来的光使我悲伤。
我朝前看着我那些点亮的蜡烛。

我不想转过去，因为害怕见到
那个黑暗的行列如何迅速拉长，
那些被掐灭的蜡烛如何迅速增多。

现在读这首诗，可真不是让自己振作起来的好选择。诗中传达着对短暂无常的生命的感叹，使我更是平添了几分孤

① 本诗摘自《当你起航前往伊萨卡：卡瓦菲斯诗集》，黄灿然译本。

独和无助感。

也不知过了多久，我在床上辗转反侧，无法入睡。尽管已经很晚了，但我却没有任何困意。

尽管我认为自己从骨子是不可知论者，一直觉得人死如灯灭。但一想到乔纳森的骨灰孤苦无依地被遗失在寒冷萧瑟的森林深处，忍受着大雨、灰尘、蚊虫以及青苔的侵扰，我就痛苦不堪。

我绝不希望，哥哥一个人被孤独地留在一个陌生的地方。

一时冲动，我跳下床，重新穿上了借来的衣服。

从卧室出来后，借着月亮和星星射入小屋的微光，我十分容易地就走到了大门口，门依旧开着。

出门后，四周万籁俱寂，光线十分微弱，却足以照亮那陡峭的山路。

如同此前那些凝视深渊的绝望灵魂一样，我也走到悬崖边，希望光正先生仍然睡着，这样我就可以逃脱他的“监视”。

我小心翼翼地走在雨后仍旧湿滑的石头上，直到来到那处像鹰巢一样的悬崖上，之前我就是在这儿被那位光正先生发现的。

我从这里向悬崖下张望着，在乳白色月光的照耀下，山谷深处繁茂的植被依稀可见。

虽然我知道哥哥已经听不到我说的话了，而且就算能，他在悬崖下那么深的谷底肯定也听不清我的声音，但我还是觉得应该陪他说说话。

“乔纳森，虽然我不知道你去哪儿了，不过也不要紧。我得谢谢你把我带到了这个地方。”

第十二章

消逝的灵魂

光正先生如同一个好奇的小孩子一样从卧室里探出头来打量着我，我坐在客厅的餐桌旁等待着天亮。

“现在时间还早，”他说，“我去泡茶。”

我注意到他带着浓重的黑眼圈。我一夜没有合眼，看起来老人因为我也没怎么睡好。怀着一丝愧疚，我暗自想着不知道他有没有发现我外出夜游。

“我得下山到谷底去找……”我不由得张口解释道。

“不能等半个小时再去吗？”他打断我说道，“我还想再给你讲一个故事。”

我高兴地点了点头。看来老人已经开始了解我的脾性了。不管怎么说，背包和乔纳森掉落在谷底的位置又不可能挪动，而如果我现在下山去，等再回来的时候，很有可能就听不到这个故事了。

“我想给你讲一个人……”老人边泡茶，边讲了起来。

我从他的话中感受到了一丝忧伤，他眼神中也透着焦虑和不安。我现在才明白，原来他昨晚没睡好的原因并不是因为我，而是一段过往的回忆使他心神不宁，光正先生再次唤醒了自己尘封的记忆。

他泡好茶，将茶与抹了果酱的面包一起端上桌后，才接着往下讲。

“他叫莱昂纳德，五十岁左右。他的外貌十分普通，发型、衣着和神态也都和常人一样。然而在这附近一看到他，我就觉得有什么不对劲儿的地方。”

我上前和他打招呼，他则对我微微一笑，跟我说了一句今天天气真不错之类的话，然后他就沿着满是巨石的崎岖地山路继续前行。

我决定跟着他，但跟他保持一定距离。他的穿着十分随意，就好像刚从家出来准备去买份报纸。他什么也没有带：没有带背包，也没有拿地图和相机……但他脚上那正装皮鞋却引起了我的警惕。

那时我刚在小木屋住了一年，我知道我必须盯紧了他。我紧紧地跟在他身后，尽管如此，他仍然没有发现我。他完全沉浸在他自己的世界里。

几分钟后，他向着悬崖边走去，那里山势十分陡峭，悬崖峭壁近乎是垂直的。我看着莱昂纳德静静地站在那里，他没有颤抖，紧紧盯着地平线上的某个地方，似乎还不想朝脚下的深渊望去。

然后他蹲下坐在悬崖边，两腿悬空，漫不经心地来回晃着腿。

我吃了一口抹着黑莓果酱的面包，听到这里，记者的职业本能让我不由得打断了他。

“好吧，是出现了一些令人担忧的迹象，”我指出，“他出现在这里确实很可疑，独身一人，穿着随便又没有携带任何登山装备。但是你给我描述的场景却十分平和，莱昂纳德似乎没有跳下去的冲动。这难道不让你感到困惑吗？”

光正先生在回答之前，将热气腾腾的茶杯端到了嘴边，蒸腾的水汽暂时遮住了他憔悴的脸。

“托尼，你知道吗？来到这里准备从悬崖上纵身一跃的人，是需要做好心理建设一步一步来的。每一步看起来都很容易，但其实并非如此。我认为双脚拒绝迈向虚空之中的最后一步，无疑是生命为此做出的最后抵抗。”

莱昂纳德后来告诉我说，那会儿他坐下来是因为双腿早就已经不听他使唤了。他一边摇晃着腿，希望可以重拾力气。他认为如果没有看到那天美好的阳光和广阔的天空，他应该能更容易迈出最后一步，于是他收回目光看向地上的岩石，才发现竟有一位老人坐在他身边，而且还邀请他一起去饮茶，这完全超出了他的想象。尽管可能只是几个小时的时间，但有可能将完全打乱他的计划……

光正先生讲到这里时突然噤声。从他警觉的眼神中，我知道那个人不知出于什么原因，后来肯定又坐回了悬崖边。

“我很快意识到莱昂纳德受过良好的教育，并且十分讨人喜欢。他告诉我他曾在一家小公司当了很多年的商务总监……直到出事儿之前。”

“最近我的日子不太好过，”他对我说道，“因此我才来到这里，想着从大自然中寻求一些平静。”

我表示非常理解，并再次邀请他同我一起去喝杯茶。他立刻同意了，当我们回到木屋喝上茶后，他很快就向我敞开了心扉。其实当时他的很多表现都在向我提示有可能发生的事儿，但那时我并不懂也没有把握住那些信号。光正先生沮丧地补充道。

“他跟你说了什么？”我急迫地问道，恳求他继续讲下去。

“他说，直到赌博使他走上了不归路之前，他一直都是个非常幸福的人，几乎拥有了一个男人能够幻想的一切：贤惠的妻子、可爱的女儿、一群挚友、一份受人尊敬的工作，一栋属于自己的房子……”

光正先生突然脱离了故事，狡黠地盯着我问道：

“你觉得这茶苦吗？也许是茶叶泡得有点儿太久了……”

直觉告诉我，这个故事，这个特别的故事，比其他任何一个故事都让他感到心痛。

“没事儿，入口很柔和，一点也不苦。”我急迫又满怀期待地回应道，希望时隔多年后他仍可以再次回忆起当时的场景。

光正先生点了点头，又沉浸在故事之中。

“他说他第一次走进赌场，是为了陪一群客户去消遣。虽然那天他是新手，但运气爆棚，一晚上就赚了五百美金。他兴奋得请所有人都喝了一杯，大家也都热烈地祝贺他的好运，感谢他的慷慨。”

对莱昂纳德来说，他太喜欢这种感觉了。这么长时间以来，大家都在其他很多方面夸赞他，唯独没人夸他运气好。运气这种事跟他个人的努力和能力毫不相关。因此，他想求证幸运女神是不是总能垂青于他。随后，他和妻子又返回拉克菲尔德的赌场。谢天谢地，现在这家赌场已经关闭了。但那天他们又玩儿了几把，竟然又赢了……这回是八百多美金。

但幸运女神的第二次垂青于他却是致命的一击。此后莱昂纳德经常去赌博，而且越来越频繁。有时输、有时赢。他开始仔细研究计算轮盘各个数字出现的概率。后来他深信自己已经找到了随机数字出现的规律，有时还真能让他品尝到成功的滋味。在他疯狂的臆想之中，他好似每次都能摸准幸运女神的脉门，常赢不败。

托尼，我这么说就好像在描述一个天才一样。但是我向你保证，没有人可以随意犯错。我感觉每一个接受我邀请来这里喝茶的人都比我厉害、比我优秀，但没有人能做到时刻警醒不犯错，所以……

这个有关上瘾的故事让我想起了一个我非常熟悉的人：

我自己。我同样深陷于人生的赌局之中，那就是渴望事业成功的瘾，虽然这并非坐在赌场中赌博，但其实是一码事。

乔纳森的死带给我的孤独感让我意识到，我也像莱昂纳德一样输掉了人生。

“一开始，莱昂纳德输掉了他和妻子攒下的准备夏天出去度假的存款，后来又赔进去了存了多年准备翻新房屋的和供女儿上大学的钱，之后他卖掉新车，花低价买了辆车行里永远都在甩卖的那种车。最后，实在没钱赌了，他就开始向身边朋友借钱，直到最后他再也无力偿还这些债务。”

“难道没有人指出他身上的问题吗？没有任何一个朋友愿意帮助他吗？”

光正先生长叹了一声，说道：

“邻居和朋友都对他避而远之。他自己也出于羞愧再也不敢见他们了。没有人愿意再借钱给他，即使是他想把房子抵押给银行，银行也不愿再贷款给他。绝望之下，他妻子恳求他，希望他们俩一起去接受脱瘾治疗，但莱昂纳德已经病入膏肓，并学会了在外面展示出两副面孔：一面乖乖地去治疗，另一面却偷偷地去赌场。他的这种伎俩奏效了一段时间……直到拉克菲尔德所有的赌场和游戏厅都禁止他入内。”

“那他怎么办？”我一边问着，一边起身去烧水。

“他开始到贫民区的酒吧里参与非法赌博。一开始他还能巧舌如簧骗到一些人借给他钱，但他却没有料到自己犯了一个致命错误：他骗了惹不起的人。”

一个清晨，当他回到家时，发现妻女正在家相拥哭泣。几个流氓以莱昂纳德欠债不还为由威胁她们。当天晚上，他姐夫就来家里把他的妻子和女儿接走了。

莱昂纳德赔掉了房子，他以前的同事同情他，让他在自己的仓库里临时住了下来。他就像个受惊的小动物一样成天躲在那里，直到一年后发生了一件事儿，彻底改变了他的命运。

“发生了什么？”

“那天，他走在街上，身无分文，突然看到一个男人搂着他的前妻。那男人看起来十分和善。他的女儿也陪着他们，俩人都笑得十分开心。他上次看到她们时，他的前妻和女儿正惊恐地痛哭着。但莱昂纳德的反应却完全出乎意料。”

“我猜他应该非常嫉妒，”我捧着茶杯说道，“或许会感觉受到背叛，他可能会与他前妻的新欢发生冲突，或者他会去找他的前妻和女儿对峙。”

“完全相反！”光正先生惊呼道，“那个早晨他感觉终于松了一口气。他知道自己毁了妻子和女儿的生活，但是她们重新振作起来了。他的前妻和女儿十分幸运。生活给了她们重拾幸福的机会。莱昂纳德告诉我他觉得自己终于得到解脱，可以自由地离开了。”

“他这么说是什么意思？”

“我也问了他同样的问题。他向我解释道，他再也不想成为她们生活中的绊脚石，同样也不愿成为他朋友们的麻烦，尤其是那个给他提供栖身之所的同事的麻烦。正因如此他才来到这里……他脸上呈现出一种平静，他不再害怕失去，因为他已一无所有。”

光正先生的眼神中露出了一丝恳求。直觉告诉我，此时的他就像一艘沉船一样似乎已经被记忆的海水淹没了，我最应该做的事儿是鼓励他，把他从尘封已久的回忆中拯救出来。

“我们聊了好几个小时，直到夜幕降临。托尼，我有一种预感，如果我当时把他放走，那我肯定再也见不到他了，所以我邀请他留下来过夜。我坚信，等到了第二天我脑子更清醒以后，肯定能给莱昂纳德找到一条解决之道。”

光正先生站起身来，在这间狭小的客厅中来回踱步，跟我刚到木屋那天一样。时间好像就这么静止下来，陷入了永恒。

他在壁炉前突然停了下来，搅动余烬，让壁炉中的火燃得更旺。之后他填了块木头，壁炉里重新又发出噼里啪啦的声音，打破了客厅里长久的寂静。

虽然已快到盛夏时节，但我在客厅里还是感受到一股刺骨的寒意。

那个早晨我感觉寂静的客厅里充斥着各种杂音，因为每当老人停下来时，我的脑海里总是浮现起我和乔纳森的对话，但我再也没法和他说话了。或许正是这个原因，我不愿意离开这间小木屋。我身体里的一部分已经被这个“守护者神殿”牢牢抓住了，这里充满了令人悲伤的故事，所幸没有我的。

光正先生去了厨房，没有注意到我心中惊涛骇浪般的思绪。在重新回到桌边坐下前，他打开了抽屉，从里面拿出一张写了字的纸。当他把纸放在桌上时，我发现他眼里闪着泪光，嘴角勾起一抹失望。

“我第一次遭受如此大的失败，之后的每一个晚上我都对我自己的愚蠢倍感自责，我竟然睡着了，完全不知道莱昂纳德在我熟睡时给我写了一封信，之后就告别了小木屋，也告别了他自己的生命。”

我把那封信拿在手中。他的字迹特别工整，就像一个希望能讨老师喜欢的小孩儿写的一样。

亲爱的光正先生：

我人生到了该退场休息的时刻了。

我来这人世间走了一遭，终于走到了终点。我曾是个讨人喜欢、乐于助人的人，希望大家不要只记得我犯下的错误。

我相信地球没了我还会照常运转，每个人都能按照自己的人生轨迹继续生活，为了幸福继续努力奋斗。

没想到，在我离开这个世界之前，我竟还获得了意想不到的礼物。先生，在您的陪伴下度过的这几个小时，是从我把自己和家人的人生毁在赌博上以来，度过的最美好的时光。

我选择将我们俩的长谈作为我对这个世界最后的回忆。

我为自己犯下的所有过错向所有人道歉，并为我接下来要做的事情所造成的麻烦道歉。

莱昂纳德

在读完这封绝笔信后，我看向光正先生，他的脸上浮现出一种解脱的神色，他终于能将埋藏心底多年的秘密分享给他人。

“我叫了警察，”他解释道，“他们花了一整天时间在谷底寻找莱昂纳德的尸体。当警察最终找到他的尸体并准备把他带走时，天开始渐渐暗了下来。但不知何故，我却依然站在谷底不愿离开。”老人深深地叹了口气，最后总结道，“不管你信不信，在那个黄昏，我仿佛看到莱昂纳德的灵魂飘过我和悬崖，直到最后消失在云端。”

第十三章

地球上的宇航员

昨天下午，我搜寻哥哥的骨灰时遇上了暴风雨，什么也没有找到。我终于又振作起来，变回了以前那个有条不紊，能创业成功的托尼。

我得赶紧换身衣服，才能看起来不像个乞丐。我在车子后备厢里倒是放了几件换洗的衣服，但为了找到骨灰盒，我还需要一双登山靴和一把能在山林间开道的砍刀。

在到达被我称作“守护者神殿”的二十四小时之后，我就如同再次受到“洗礼”了一样。于是，我又重新返回对面山上的那个观景台。再次回到这里，有种恍如隔世的感觉。

这次的优势是我认识路，只要照着来时的路返回去就行。

我下到谷底后，四周苍翠欲滴，生机勃勃，我用视线搜寻那个我曾遇到野兔的地方，但我却连来时的小路都没有找到。尽管如此，由于观景台所在位置没有对面光正先生所在的那个悬崖那么高，而且白天光线充足，我很快找到了通向观景台的路。

我比预想中更快地回到了那处观景台，平台破旧不堪，地上的混凝土已经裂开了。清晨这里还空荡荡的，我的福特车就像一只忠诚而又老迈的宠物一样，在阳光下等候着我回来。

最后我望了一眼悬崖上的小木屋，一股莫名的惆怅突然涌上心头。我担心一旦我回归文明世界，就会马上被世间的琐事缠身，再也回不到那个世外桃源。

我从后备厢里取出装着换洗衣服的运动包，放在副驾驶的座位上，想着等会儿在路上一遇到厕所就把衣服换了。

我手握着方向盘，空空如也的后座似乎在咒骂和责备我那愚蠢的主意：为什么要背着骨灰盒一起去悬崖？

虽然油箱几乎见底，不过转动钥匙后，车子还是启动了。幸好这条通往拉克菲尔德的路一直都是下坡，只需一格油就能开到那里，真是老天爷相助。等我到地方了，第一件事儿就是找到最近的加油站给车子加满油。

为了用手机导航，我把手机连上了车子的点烟器，给它充上了电。轻轻踩下油门，我穿过观景台，回到了通往那个被废弃的小镇的路。

当我经过那家让莱昂纳德输掉整个人生的赌场时，突然听到“嗡”的一声，原来是手机震了，这让我浑身肌肉紧张起来。如果重新联上信号，我肯定会被一连串雨点儿般的短信淹没，将我重新拉回到那个我一直想要逃离的现实世界中。冒着迷路的风险，我选择继续开车，直到回到了那条我为了去寻找光正先生而偏离的高速路。

为了节省最后一点汽油，我缓慢地向前行驶着，一路上许多司机都在按喇叭不断地催促和咒骂我，然后从我旁边驶过。

开了大约五公里后，一个紧邻着商场的服务站就像沙漠中的绿洲一样出现在我眼前。

加满油后，我背着运动包下了车，感觉自己就像是个宇航员，刚刚着陆在一个荒凉的星球。

第十四章

不速之客

不知不觉中，我竟在商场里闲逛了一整天，一直待到太阳落山。我像那些平日深受工作压榨只有周日才能出来休闲放松的可怜人一样，提着购物袋准备离开，刚一出商场就发现外面天色已经暗了下来，乌云密布，黄昏的余晖已渐渐消散。刚刚天气还十分晴朗，但现在却预示着一场暴风雨即将来临。

把购物袋放在后座之后，我突然更明确地意识到我已经两次失去乔纳森：他失去了宝贵的生命，而我则弄丢了他的骨灰。我懊恼地把车开出停车场，准备回去。路上我对自己说，除非把这个烂摊子收拾好了，否则我决不回家。

两道连续的惊雷回荡在车顶，这轰鸣声如同从瓦格纳[①]的

① 理查德·瓦格纳（Richard Wagner, 1813—1883），德国浪漫主义作曲家，是贝多芬、韦伯之后，德国歌剧舞台上的重要人物，在欧洲音乐史上占有重要地位。

歌剧中的定音鼓发出的一样。

这几个小时过后，我早就把想写一篇关于光正先生的报道的想法抛诸脑后，现在我的脑海中一片黑暗，如同即将到来的暴风雨一般。

天已经开始淅淅沥沥地下起了小雨，雨滴掉落到了档风玻璃上。

在马上就要开到那个通往被人遗忘的拉克菲尔德小镇和观景台的岔路口之时，行驶在我前面的一辆小型卡车突然在路中央停了下来。

我差点儿就要拉下手刹，最后终于在离那个大家伙只差几厘米的地方停了下来。这辆小型卡车应该属于一家有机农业合作社。

之前我在报社管事时的暴脾气“噌”地一下又回来了，我走下车，“砰”地一声关上了车门，任由大雨浇在脸上，径直走向那辆卡车准备找司机理论。司机是个挺着啤酒肚的大胖子，戴着约翰·列侬那样的眼镜，估计是一个拉斯塔法里教徒。他不慌不忙地敲打着仪表盘，说道：

“兄弟，这辆破车坏了，彻底不行了。”

“你需要用电话叫个拖车吗？”我把关着的手机递给他问道。

“谢谢，哥们儿，拖车已经在来的路上了，一个负责机械方面的同事会来把我们拖走。不过我跟你说，就算是慈悲万能的上帝也救不活这辆老古董了。”

在准备离开祝他好运的时候，我在心里想着他说的“把我们拖走”是什么意思。他说“我们”而不是“它”，也许司机早把这辆破旧的卡车当成家庭的一分子了，即使它最终的命运可能是被扔进工厂报废。

雨下得实在太大了，我小跑着回到了车上，雨点儿打在我脸上生疼。直到我准备开车时才发现车上不止我一个人。

“能带我一程吗？”

我吓了一大跳。一个女人坐在副驾驶上对我说道。她未经允许就上了我的车，这还不算，她竟还毫不客气地把背包放在后座——我买的东西旁边了。

正常情况下，我对这样的人绝对不会有好脸色，但这会儿，我实在是过于震惊，一时间竟没有发火。

“可……你是从哪儿冒出来的？”

我皱了皱眉表达了我所有的不满。我们两个人就这么静静地面面相觑地坐了一会儿。她的头发被雨水打湿了，湿漉漉的头发下，她那一双黑色的眸子闪烁着喜悦的光芒。

就在这个时候，一个小小的奇迹发生了：我的怒气竟然消散不见了。

这位“非法入侵者”晃了晃头，她头上的水滴如同细细的雨丝一样落在我的车内。

“太好了，你可回来了，我讨厌被困在这前不着村后不着店的偏僻地方。”

这位不速之客看起来三十五岁左右的样子，她高兴地嘟囔着，听着她那好似从遥远的国度传来的声音，我的心突然怦怦地跳了起来。

“今天早上还艳阳高照呢，谁能想到一转眼竟下起了暴雨，你说奇怪不奇怪？”

很显然，就算外面下着暴雨，她也没有要停止说话的意思。突然毫无缘由地，她又哈哈大笑了起来。

我开始觉得这位入侵者是真的疯了。虽然我和她是初次相见，但她的笑容却给我一种似曾相识的感觉。或者，其实是我很想认识她？

“我们还不出发吗？”

我仿佛如梦初醒一般，绕过那辆抛锚的卡车重新上路了，直到这时我才想起来问她：

“你想去哪儿？”

“你把我带到哪儿算哪儿……”注意到我惊讶的神色后，她补充道，“这些天我一直像凯鲁亚克一样，一路搭着顺风车，直到倒霉地上了刚才那辆抛锚的破卡车。”

“所以……对你来说，去哪儿都一样是吧？”

这个头发湿漉漉的女人咬了咬嘴唇，抬起头望向车顶答道：

“不一定。我还是有目的地的……或者更准确地说是我旅途中的一个暂时停歇的地方，那是离西雅图不远的一个农场，不过我也不着急过去。”

“要是这样的话，我可帮不上你什么忙，”我说着，向左变道，把车慢慢停在路边隔离带上，“天已经快黑了，我要去这附近的一个地方……一个很偏僻的地方。”

“指示牌上可写着拉克菲尔德呢，”她用一种挑衅的语气对我说道，“这看起来可不像你所说的偏僻的地方，不是吗？”

“以前确实不是，不过这个地方几年前就已经荒废了。事实上，我要去的地方比拉克菲尔德更为偏远，一个荒无人烟的地方。况且西雅图离这儿还有一千多公里呢。要不你还是返回主路上……继续像凯鲁亚克一样。”我也学着她引用了《在路上》的作者的名字，回答道。

“没门！你激起了我的好奇心，我也想去那个荒无人烟的地方看看。”

我拗不过她，只得再次发动引擎，开向那个荒无人烟的小镇。就在这时，这个女人开始唱起歌，声音出乎意料地清脆动听：

货运列车，货运列车，跑得这么快，

请别说出我在哪辆车上，

他们将无法得知我的路线……

在这座为娱乐而生的城市里，时间似乎静止了一般，我们穿过幽暗的街道，这个陌生的女人就这么坐在我旁边一直唱着歌。我突然有一种从少年时期开始就从未体验过的感觉：一种在正确的时间，出现在正确地方的确信感。

令人感到荒唐的是，这种感觉竟然是我在一个如此偏僻的地方和一个一小时前我都还不认识的陌生人在一起时产生的。

“我没啥急事儿，”女人唱完歌后，突然不合时宜地说了一句，“我就是个把家当都背在背上的蜗牛。”

我下意识地透过后视镜看了眼后座，女人的背包顶部高高隆起，想必应该是那里放着个野营用的小帐篷。

之后我又侧眼看了看她，感觉她似乎在发抖。我打开车内的暖风，她轻柔地笑了笑向我表达谢意。暴风雨减慢了我开车的速度，但这样我可以好好打量一下她。

她有一双棕色的眼睛，古铜色的肌肤，一头又黑又直的长发，我感觉她应该有一半印第安血统。她穿着一身粗麻的连衣裙，衬出了她娇小玲珑的身材。

“我叫埃斯梅拉达，”她突然说道，好像有意为了分散我对她的观察，“在中美洲旅行了半年后，我准备回国，但当我入境进入墨西哥之后，我的钱就花光了，所以后来我只能一路步行或搭顺风车。不过我倒是一点儿也不着急。”她重申道，“反正也没有人在什么地方等着我回来。”

“既然咱们俩已经结伴同行了……”我叹了口气说道，“你是做什么工作的？我的意思是，除了旅行之外？”

“我是一个手工艺者。”

“哦，是吗？”

此时我们已经驶离了拉克菲尔德。我边开着车边想象着她制作彩珠项链、编绳手镯和珍珠耳环的样子。她肯定会拿这些东西放到商场或者集市上去卖，抑或在她生活的地方售卖。埃斯梅拉达的容貌和职业让我不得不怀疑她应该是美洲原住民。难道她是苏族人？或者根据地理位置判断，她是普韦布洛印第安人。

当我正想得入神之时，车子缓慢爬行在通往观景台的陡峭山路上了。

我正想着等到地方了我们下一步该干什么呢，这场暴雨不允许我们在山里长途跋涉。这时，车子突然打了个滑，停在了半山坡上。

“我估计应该是车胎被扎了，”我拉上手刹，说道，“你可真够晦气的，你在车子就抛锚，不是吗？见鬼！”我咒骂着，突然想起来我没带备胎……正巧在这趟旅行前，车子的轮胎刚被扎过，我还没来得及去修理厂拿新的备胎。

埃斯梅拉达用她那漆黑的双眸盯着我说：

“或许，你才是那个晦气的人呢。”

第十五章

完美的陌生人

车子在前往观景台的半山坡上抛锚了，这场事故因为有这个名叫埃斯梅拉达的女人在旁边，而显得更加不寻常。

我决定给附近的修理厂打个电话，让他们派人来把车拖走。但刚开机，我的手机就又关机了，而且看样子不管再怎么尝试，它应该都没法再开机了。

“能借你手机用用吗？”我长叹了一声，问道。

“我没手机。”在看到我惊讶的神色之后，她又补充解释道，“我从来就不用手机，这玩意儿有什么用吗？”

“比如，在今天这种情况下，打电话叫拖车……”

她讽刺地讥笑了一声就当是对我全部的回答，然后就把头扭向右侧的车窗不再看我。车窗因为车内外巨大的温差早就糊上了一层水汽。

她在一天之内两次碰到车子抛锚，但却没有丝毫不耐烦的神色，反而不紧不慢地用手指在车窗上画起了星星。她那专注的神情就像个没有经历过生活折磨的天真单纯的小女孩儿。

她只有在眯起眼睛时，眼角不经意间露出细纹，才能看出她已经三十多岁了。

“你在干吗呢？”我忍不住问道。

“我喜欢在繁星的陪伴下休息。”她说着就把车座向后调平。

“原来如此……不过现在还不到九点呢，你就准备睡了？”

“你为什么总是问一些奇奇怪怪的问题……天已经黑了，除了睡觉我还能干吗？”

“我也不知道……我的意思是，在一个陌生男人旁边熟睡，你就不怕他对你做什么坏事吗？就这么睡了可不是什么明智之举。”我有点儿生气地说道。

“无所谓，我能承担这些风险……”她裹了件外套当作被子就躺下了，把脚搭在了前面的仪表盘上。

我静静地看了一会儿她那厚厚的羊毛袜子和她平静的神情，她身上散发出一种我从未有过的自信和宁静。

此时车外却是狂风暴雨，雨水敲击着车顶发出巨大的声响，就像要凿穿顶篷一样。

车内昏暗一片，我也闭上眼休息了一会儿。虽然，此时暴风雨狂怒地拍打着车子，但埃斯梅拉达缓慢而又有节奏的呼吸声清晰可辨。

忽然间我就像中了咒语一样，一阵困倦感笼罩全身。恍惚之间，我好像看到自己跟着埃斯梅拉达在安提瓜古城的废墟里行走，我从未去过那里，只曾在纪录片里看到过这座古城。

不知过了多久，如同春风般轻柔的声音将我从梦中唤醒，外面的狂风暴雨已经变成了淅淅沥沥的小雨。

“放轻松，呼吸……放心吧，没事儿了，没事儿了。我就在这儿陪着你。”

我从头到脚都在颤抖着，费了九牛二虎之力才艰难地睁开了眼睛。我这是在哪儿？为什么这么黑？为什么这里这么冷，但我却满头大汗？我不明白大半夜自己怎么跑到车里来了。我的床呢？

正当我一头雾水之时，感觉有人轻轻地摸了摸我的脸颊。

我抬起头，看到一双闪闪发光的大眼睛，仿佛是黑暗中的一盏明灯。

“你刚才做噩梦了……不过都过去了。”那个耳语般的声音让我远离了这个雨夜的现实，好似把我拉向了另一个世界，在那里我被一个食人恶魔威胁着，这个恶魔要从床底下爬出来，把我从被子里拉出来，去见乔纳森。“你已经在梦中嘀嘀咕咕，翻来覆去好几个小时了，直到现在我才敢叫醒你。”她轻柔地说道。

埃斯梅拉达，那双眼睛是埃斯梅拉达的。

不知怎的，我突然有一种想哭出来的冲动。我又一次觉得自己是那个和勇敢的哥哥同住一屋，但又却十分胆小的小男孩。这也许就是乔纳森已经离开了，而我却依旧待在这里的原因。

即使在黑暗之中，她还是感受到了我此时的状态。于是她把我抱紧在她那娇小玲珑的身子里，静静地抚摸着我的脸颊和头发，虽然什么都没说，但却胜过说千言万语。

“现在已经半夜两点了，”终于，她喃喃道，“好像我们俩已经很长时间没睡过好觉了。你要不把座椅往后调倒吧？我们一起好好睡一觉直到天亮。”

我忽然感到自己平静了下来，照着她说的，跟她一样把座椅向后调到最大限度。这已经是这辆老福特车里最像床的地方了。

当她把我自己的外套盖在我身上时，我感觉自己已经精疲力尽了。

她起身去放在后座上的背包里找东西。找到后，她向我伸出那只紧握着的手。

“我有些东西给你。把它放进你衬衫靠近心脏那侧的口袋里。它会在你的睡梦里一直陪着你。”

她点亮车顶的小灯，在我面前张开了手，向我展示了一个彩色毛线编织的小娃娃。

我小心翼翼地接过这个娃娃，什么也没问，就把它放在了埃斯梅拉达告诉我的地方。

埃斯梅拉达再次躺下，闭上了眼睛。我看着她，也合上了双眼。

这是我数月以来，甚至数年以来第一次能安心地进入睡眠。这次，一个完美的陌生人和一个毛线编织的小娃娃在黑夜中伴我入眠，带我探访梦境中那未知之地。

我再也不害怕食人恶魔了。尽管汽车抛锚在这无比荒诞诡异的地方，但在这个荒无人烟的地方，我终于得到了陪伴，再也不孤单了。

第十六章

解忧娃娃

清晨，乌云散去，天空放晴，金色的阳光洒满大地。我非常惊讶，但不得不承认，埃斯梅拉达和她给我的那个毛线编织的小娃娃真的让我摆脱了噩梦的侵扰。

“拿着吧，现在它是你的了。”她一边调直座椅靠背，一边说道，“它已经知道你的心病所在了。”

在我也调起座椅后，她把一个黄色的小木盒放在我手上，补充说道：

“你唯一需要做的就是让这一套所有娃娃都跟你待在一起才行。”

我打开盒子后在里面发现还有五个差不多的小娃娃。我充满疑惑地望向我的新朋友——这个刚刚和我一起过夜的女人。

“解忧娃娃必须得六个同在才能起作用。”

“解忧娃娃？”

“对呀，我从危地马拉的安提瓜古城带回来的。”

我不禁打了个寒战：我记得昨晚在睡梦中，我好像看到自己和埃斯梅拉达一起走在这座玛雅古城的废墟之中。

借着晨光，我才终于能好好地欣赏起她美丽的面庞，端庄而又充满了古典气质。她身上似乎笼罩着一种遥远而又宁静的神秘气息。

“根据当地的习俗，如果你把它们放在枕头底下，它们就会为你排忧解难。除周日外，周一到周六每天放一个不同的娃娃，毕竟它们也有休息一天的权利。”

我正要回答她，不过她抢在我前面接着说道：

“正是因为这个原因，它们才被叫作‘解忧娃娃’，你昨晚应该已经见识了它们的神奇力量……”突然，她的话语中露出一丝悲伤的情绪，“自从那些让我伤心的事儿发生之后，我曾有好几个星期都无法入睡，一直感到孤独和空虚。直到有一天我在当地的集市中闲逛时，一位印第安盲人老奶奶摸了摸我的脸，感受到了我的悲伤和疲惫后，把这些解忧娃娃当作礼物送给了我。”

当我知道了它们的价值后，我试图把它们还给埃斯梅拉达，不过她摇摇头拒绝了。

“我已经不需要了……因为，我已经知道了关于解忧娃娃的传说了，并且已经学会了如何制作它们。等我到了西雅图，我就会做很多解忧娃娃。我知道有许多人需要它们！”

“你指的是什么传说？”我一知半解地问道。

埃斯梅拉达像个小女孩一样兴高采烈地开始给我讲述这些我新交的朋友——解忧娃娃的神秘传说。

“根据被玛雅人奉为圣书的《波波尔·乌》[①]记载，当他们信奉的神决定创造人类时，曾失败过两次。第一次是使用石头造人，因为石头太过坚硬，导致造出的人类无法自由移动，所以最终只得把这些石人都毁了。第二次则尝试用黏土造人，但随着人间第一场雨的到来，这些泥人也都被冲垮了。最后神决定用玉米造人，于是神召唤来了玉米女神伊西穆卡娜[②]创造玉米人。”

她的声音甜美，热情洋溢，温暖了我那饱受摧残的灵魂。尽管我们被困在这泥泞的半山坡上，但有那么一瞬间，我觉得我是在和一位降落凡间的仙女一起在旅行。

“除了人类，玉米女神还同时创造了解忧娃娃。”她把纤细的小手搭在我的肩膀上接着补充道，“每当有什么东西偷走了你的美梦，你都可以把这些烦恼告诉盒子里的这些解忧娃娃。得益于玉米女神赐予的神力，它们会为你排忧解难。”

我望向车外的山路叹了口气。我们一直这么困在山上可不是办法，我们应该想想怎么离开这里，不过现在我突然一点儿也不着急了。我感受到了一种前所未有的轻松畅快。

---

① 玛雅人的古典史诗，约于十六世纪根据民间传说写成。内容包括世界的创造、人类的起源、基切人的英雄传说以及基切部落建立和发展的历史等。被誉为“美洲人的圣经”，是美洲乃至世界文学宝库中最古老的不朽巨著之一。

② 《波波尔·乌》中的创造玉米人的女神。

“制作解忧娃娃需要搭一个木头、金属或纸板制的内架，”她解释道，“然后用毛线或者是布头，模仿当地土著女人的衣饰，给它们穿上外衣，但它们只有在被当作礼物送给你时，你才能感受到它们的魔力。”

我忽然感到一种莫名的幸福，在心里对自己说道，以后在我头脑清醒的时候，我一定要去一次安提瓜古城。一到那里，我就会直奔集市，找到那位印第安盲人老奶奶买她做的解忧娃娃。如果有人问我买这些娃娃送给谁的话，我会对他们说，送给一位来自西雅图的姑娘，她有着古铜色的肌肤，十分爱笑，我不想她的笑容下隐藏着任何悲伤。

第十七章

分道扬镳

趁着外面的雨停了，我们赶紧下车。把老福特推下山坡，停到路边的一处小小的空地上，我提议说，与其在这里等待救援，倒不如走到那个观景台去。

“这主意不错。”她像只小猫一样伸着懒腰，神采奕奕地回答道。

她凌乱的头发披散在肩上，高高举起双臂，试图抚摸那害羞地注视着我们的太阳。

我把在商场置办的那些登山装备和准备送给老人的物品放到她的背包里，我们俩约定轮流背着包徒步前行。

“你可以把你的睡袋和重的东西放在车上。”我向她建议道。

“不可能！我告诉过你，我是个把所有家当都背在身上的蜗牛。我本来也没有多少东西，我可不想把它们留在一辆破车上。”

“好吧，我没有冒犯的意思……”

说完后我们立刻上了路，我们走得十分缓慢但却步履稳健，此时太阳也同样缓缓地升起了。

虽然我很享受安安静静地和她一起行走，但我还是忍不住向她讲述我如何偶遇光正先生，他在悬崖边救人的事情以及我想写一篇关于他的报道的想法，这主意我居然都快忘了。

“真不敢相信世上竟然还有这样的人……”她吃惊地说道。

“几天之前，这些对我来说也是难以置信的，你想要认识他吗？”

“我也不知道……”她答道，她的回答实在出乎我的意料，“如果哪天我想好了并且有机会的话，我会告诉你的。”

我心里想着“今天就可以呀”。但我没有就这个话题讨论下去，下面一段山路十分陡峭，我决定要保存些体力以便能爬上去。

一个小时后，我们终于走到了观景台，旁边的停车场依旧空无一人。本来想要冒险到这里徒步旅行的人就不是很多，我估计是因为最近连绵不断的阴雨，让这些徒步旅行者更加望而却步。

“太美了，实在太美了……”，埃斯梅拉达欣赏着悬崖脚下山谷中的美景，目不转睛地小声惊叹道。

这是一个郁郁葱葱而又狭长的山谷，这里好似被尘封了几个世纪，美景深深地吸引了她。

我也跟她一样探出身子向悬崖下望去，我感觉这片只属于森林是我们俩人和那些在晨光中飞翔的鸟儿的，这些鸟儿一直好奇地注视着我们。

“我们为什么不下去？”她提议道，“我陪你走一段路去找你说的那位老人，走吧！”

埃斯梅拉达背着鼓鼓的登山包，沿着小路朝山谷深处走去。我跟随着她的脚步——她似乎比我更熟悉这条路——着迷地看着她灵活地跳跃着避开一个又一个小小的障碍。在她欢喜的步伐中，我看出她很喜欢跳跃、奔跑和玩耍……虽然已是个成年人，但她心底还保留着一部分孩童般的纯真。

当轮到我背包时，这种负重前行的感觉似乎在隐喻生活对我的残酷。我是一个背负着各种烦恼的成年人，对任何事物都保持着怀疑的态度。我就是个不懂得如何享受生活的可怜的工作狂，虽然事业上获得了成功，但却输了生活。

我们已经到达了谷底深处，在那条狭窄的通往对面悬崖的小路旁，挑了块平整的岩石坐下歇息。虽然我还没有怎么跟她讲过我的故事，不过此时我倒是借机询问起了更多关于她的事儿。

“旅行之前，我在西雅图的郊区和另外三个艺术家共用一间老旧的仓库。”她说道，“那儿正好也是我母亲生前教授造型艺术课的工作室。她一年前去世了，我一直非常想念她。也许是因为这个原因，我才会不着急回家。”

“我明白这种感受……”我答道，但我却没有勇气告诉她，其实我的背包里也同样承载着对我哥哥满满的思念，“那你父亲呢？”

“我从没见过他。事实上，我妈妈几乎就没跟我提起过他。”她叹了口气，继续说道，“在长期忍受病痛的折磨后，最后她在我的怀中走了。于是我决定离家远走，离开这个伤心之地，不想让悲痛和空虚占据我的灵魂，顺便履行我对母亲的一个承诺。她一直希望我可以四处旅行，认识不同的人，了解不同的思维方式……说出来你可能都不会相信，在这次旅行之前我从来没有离开过加州。我母亲最后的几年时间里只能在轮椅上度过，因此我不愿意离开她去旅行。”

她低声述说着她的故事，她的喃喃细语令人十分温暖，竟与这大地裂缝中被世人遗忘的森林非常和谐，我很想告诉她关于乔纳森的故事。不过，当她讲完自己的故事后，我发现我竟然做不到。我终究还是没有勇气给她讲述我的故事：乔纳森的死、我对周围事物的厌倦、那份让我永远都不满足的工作，还有我的墨西哥裔移民家庭……

“乔纳森，我承认你说得对。”我在心里默默地和那个已经不在了的哥哥说着，“我总是害怕别人会伤害我，所以不愿把真实的自己坦露在别人面前，一旦有人了解了真实的我，我就会远离他们。”

我身上的怯懦提醒着我，到了该分道扬镳的时候了。也许正是由于这个原因，当我问她想不想和我一起上山去认识那位老人时，她摇头拒绝了，我突然感到一身轻松。

我们只是两个流浪的灵魂，有幸在暴风雨中共度一夜和一个清晨，实在没任何意义让这次巧合再继续下去了。

我从她的登山包里取出我的东西，放到她送给我的一个布袋子里。她则把她的所有家当都背到了背上，对我说道：

“今天的天气真不错，这里实在太美了。我会在山谷里走一走，也许还会露营几天，之后再启程回家。”

她轻吻了指尖一下，然后抚摸了我的脸颊作为告别。

“托尼，照顾好自己。很高兴认识你。那些曾为我解忧的娃娃现在是你的了……它们会照顾你，为你排忧解难的。”

说完，她便出发了，最后消失在树林中之前，她补充道：

“当你不再需要它们时，别忘了把它们送给其他需要的人，那些值得拥有解忧娃娃的人。”

“我怎么知道哪些人值得呢？”我叫住她问道，希望知道问题的答案。

她向我投来最后一个微笑，这笑容让我沉醉其中，然后回答道：

“遵从你的内心吧。”

埃斯梅拉达穿过了灌木丛，而我则呆呆地站在那里半晌，听着她的脚步声渐行渐远直到完全消失。

即使如此，我还是觉得她并没有离开，一直在陪着我。

第十八章

悬崖之歌

光正先生看到我回到木屋时，并没感到惊讶。我的不辞而别，好像也没有让他不快。我不知道我回来是否让他感到高兴，他连问都没问我这消失的二十四个小时都干什么去了。现在我感到时间在这里似乎停止了流逝，一切都是美好的永恒。

尽管如此，我还是十分想念他的。当我从远处看到他时，我就意识到了这一点。他正用望远镜观察着地平线，安静得就像一尊雕像。

我这次回来后才真正了解了光正先生的作息时间：现在还差十分钟到下午一点，他的手表指向一点整时，他就会把望远镜收起来，放进他总是随身携带的棕色挎包中，然后回到厨房开始准备饭菜，一碗味噌汤或是一碗米饭，边吃边用一台老旧的MP3播放着古典音乐。

他说这样能让自己放松下来。他听着音乐，但他的表情却告诉我他已神游天外了。

灶台上水壶鸣笛的声音把他拉回现实。他泡上一杯热茶，边品着茶边在扶手椅上小憩，他只允许自己休息二十分钟。然后他会继续到悬崖边巡视。

如果天气寒冷或者下雨的话，他就会待在窗边，静静地守护着悬崖。

大多数的时间，他就这么日复一日地在此守护。但是一旦当他遇到想要跳崖的人，就再也没有任何时间表、规则和习惯。他白日黑夜地守护着那个需要他施以援手的可怜人。

虽然我和这位老人相处不到半个星期，但我已经精确地掌握老人所有的生活习惯了，也开始对他产生了一种亲近感。

我决定当他从悬崖巡视完回到小木屋时给他一个惊喜。除了把橱柜里装满肉汤、新鲜的蔬菜和放上两瓶红酒外，为了对自己的不辞而别表达歉意，我还亲自做了味噌汤，然后摆好了放在桌子上。

等他回到小木屋时，味噌汤已经热气腾腾地摆上了桌。他微微地点点头坐了下来，我也坐了下来。

我们之间就像什么都没有发生过一样，边吃边聊起了天。

“今天上午倒是平静无事。”老人说道。

“那真是太好了。”

“可昨天就不是了……”

我举着的汤匙停在嘴边。他指的是什么？我知道此时最好什么也别问，他自然会把他认为必要的都告诉我。

“我真是被吓坏了。”

“你在悬崖边碰到个疯子吗？”

“我不明白你为什么这么问……摩西是个好人，疯子？我们不都是按照自己的方式生活的吗，这怎么能叫作疯子？”

这句话让我十分触动。

古人云：“责备他人前，先扪心自问。”我不就是一个疯子吗？既是一个能与自己哥哥骨灰盒聊天的人，又是一个能在一夜之间放弃自己创办的公司的商人，即便是那间公司可以给我带来金钱和地位。

或者说，以上两点还不是我最疯狂的表现，也许更糟糕的应该是我缺乏感受爱的能力。面对其他人的关心，我总是刻意选择逃避。

我们两人沉默下来，喝着汤，直到光正先生继续讲述昨天发生的那件事儿：

“他告诉我，好多人都要来这里自杀，他是这群人中的第一个。这话着实让我吓了一跳。我怎么可能一下子救那么多人？”

“一群人中的第一个？”我没太明白地重复了一遍。

“是的，他是侦察员。”

“侦察员？”

接下来，光正先生向我详细地解释是怎么回事，这绝对是迄今为止我从他嘴里听到过最荒谬的故事。

“昨天太阳刚刚升起之时，我就听到外面一声长长的号叫。虽然冬日的晚上有时会有狼群出没在木屋附近觅食，但那声音听起来明显不是狼群发出来的。我正思考着，第二声号叫又接踵而至，把我从床上拽了起来。我迅速穿好衣服，跑出了小木屋。”

在那块离小木屋最近的红色岩石上，我差点儿以为我看到了一个幻影。我看到一个身穿白金相间长袍的年轻男子，他闭着眼，手里拿着个巨大的牛角号站在石头上。

我慢慢地靠近他，小心翼翼地开口和他说话，以免吓到他。

“从这里看日出景色最美了。”我对他说，我想不到比这更合适的开场白了。

他依旧闭着眼，对我说道：

“是的，老人家。他们曾对我们说起过关于日出和这扇门的事情。”

“门？”我问道，“什么门？”

他没有理会我的疑问，而是从容冷静地从石头上下来，把手搭在我的肩上，说道：

“我叫摩西。”

他身材高大瘦削、留着长胡子，不由得让我想起了印度历法中的某个神。我自我介绍道：

“我叫光正，负责守护这个悬崖。”

他向我鞠了一躬说：

“那么您肯定是一位大师了。我向您致敬，守门人。”

我听他总是提起“门”，这让我开始有点儿紧张。托尼，我不得不承认，这个摩西只用寥寥数语，就已经让我陷入了自我怀疑，我完全不知道该怎么跟他继续聊下去了。

我认真倾听着他的故事，这是老人第二次向我坦露内心的脆弱了，这让我十分开心。难道他已经不再把我视为过客了吗？已把我看成是他的徒弟了吗？

“我正准备尝试了解这位访客，”光正先生继续讲道，“他却突然主动向我提问。”

“您很了解这处悬崖吗？”

“当然了，我在这里生活了很多年。”我谨慎地回答道。

摩西用他那如天空般澄净的眸子盯着我，问道：

“这座山的最高点在哪里？从哪儿可以看到更美的景色呢？”

他的问题引起了我的警觉，所以我想尽量地拖延一下时间，我问他：

“你为什么想知道这些？”

摩西放声大笑，就好像我问了世界上最愚蠢的问题一样。随后他把手搭在我的肩上，像是对小孩儿解释一个再简单不过的事情一样，对我说道：

“因为大门在那里。”

我感觉自己好像陷入了进退两难的境地，但我明白我必须努力完成我的使命，我需要时间来了解这个摩西到底是谁。于是我故作平静地对他说：

“跟我来吧，你问的那个地方就在你看到的那些锋利的岩石后面，从这儿走过去大概要二十分钟。如果你愿意的话，我可以陪你过去。”

“那可真是荣幸至极，大门的守护者。”他高兴地回答道。

然后我们开始往那个方向走去。我决定带他绕远，以便有机会获得更多关于他的信息。结果比我想象中要容易得多。在路上摩西就向我敞开了心扉。

“他是怎么跟你说的？”我问道，我被这故事深深地吸引了。

“他说自己一年前加入了一个宗教团体，这个团体认为人间共有八重天，人类只有到达了第八重之后，才有可能与太阳相融合，获得圆满。目前，他们教徒已经处在最后一重中了，出于某种原因，迟迟未得到最后的召唤。他们的导师认为今年夏至那日就是与太阳融合的最佳时机。”

“我可以想象得到……”

“听到这些我十分的害怕，”光正先生忧心忡忡地说道，“正如他向我解释的那样，那些被选中的人将在精神进化中迈出那最后一步，且必须在一处面向太阳，景色绝美的地方进行。有人向摩西推荐了这处风景绝佳的悬崖。为了寻找合适的地方，摩西曾四处游览了很长时间，但当这个陡峭的悬崖和美丽的景色出现在他眼前时，他确信这里就是他们苦苦寻觅的通往完美世界的那个门。‘我是他们中的第一个’，他又对我说了一遍这句话。”

“那你是怎么做的？”我一边不安地问道，一边把水倒进水壶里加热。

“幸运的是，昨天并不是正日子，离夏至日还有好几周时间。此地绝美的山景让摩西激动不已，他再次吹响了他的牛角号，哀号声令我不由地警觉起来。随后，他开始兴奋地跳起了舞，口中用奇怪的语言不断祈祷，之后便坐了下来进入了冥想，这一状态持续了一个多小时。我默默地坐在他身旁陪着他。他双眼紧闭，我则瞪大双眼，丝毫不敢放松警惕。当他结束长时间的冥想后，我已经准备好了我必须要对他说的话。”

“是什么呢？”

“我问他：”

“摩西，或许你是个很好的侦察员，也很会吹号，但你却对悬崖之歌置若罔闻。”

他好奇地看着我，像刚刚从长眠里苏醒过来一样。

“那是什么歌？我怎样才能听到它呢？”

我知道我已经赢得了这场需要长时间博弈的比赛的先机，于是对他说：

“准确地说，悬崖之歌会告诉我们如何踏上与太阳相融合的必经之路，没有它的指引，就算穿过了大门也无济于事。因为在其中你会迷路，根本无法到达你们想去的那个完美的世界。”

听到这话后，与其说摩西非常恼怒，倒不如说他非常震惊，他摸着下巴说道：

“这让我想起了《西藏度亡经》[①]这本书，它和悬崖之歌一样，作用也是指引亡灵通往天堂。不过，导师倒是没提起过我们也需要这样的指引。”

我趁热打铁进一步说道：

“那是因为你的导师和你一样都对悬崖之歌的指置若罔闻。因为你的导师也从未死去过，所以他不知道那些没有受到悬崖之歌指引的自杀者最终将通往何方。”

说到这儿时，摩西开始陷入了迷惑，不解地问道：

“死亡？自杀？守门人，我听不明白你在说什么。”

我意识到我已经开始让摩西对他们自己产生怀疑了，于是我以此为切入点进一步说道：

“那些没有在悬崖之歌指引下，踏入深渊的人，永远也无法与太阳融为一体，这是那些真正的受到指引的人才有的特权。你的导师可能不知道，但你的境界已经比他的更高了，所以你能看得更远。正是因为你能看到他看不到的东西，你才能被推选出来当侦察员。”

说到这里，摩西已经开始有些洋洋自得了。

“真是太聪明了。”我不禁打断他的故事，夸道。通过授

① 西藏佛学名著，作者为莲花生大士。书中蕴含着一套丰富的临终、死亡及死后世界的知识和图景，涵盖人从生至死的一切人生课题的智慧，具有强烈而广泛的心理学意义。

予摩西比导师更高的等级，这样才能救了他的命。

“或者，至少我成功地在他心里种下了一颗怀疑的种子。很多人加入这种宗教团体其实是为了可以在集体中获得他人的关心和认同。但是……如果我们能设法说服这些人，让他们相信自己是独一无二的呢？因为他们每个人都是这天地万物中最高等的生灵，没有任何人能超越他们。托尼，我完全被这些我自己的说辞说服了。”

我把泡好的珠茶倒入茶壶中，突然想到我前妻放在床头柜上的一本书中的内容。

那本书叫《心灵鸡汤》，之前我随意翻看时曾看到里面大提琴家帕布罗·卡萨尔斯的一段话，那段本应可以让我受益终生的至理名言，但就像我人生中其他很多重要的事情一样，一开始并没有得到我足够的重视。直到很久以后，我才又想起来那段话，重新找出来并反复阅读，幻想着有朝一日可以讲给我的孩子。

我们所经历的每一秒在这个世上都是全新的且独一无二的，时间一旦流逝就再也不会回来……而我们教给孩子的都是些什么呢？好吧，我们教的是二加二等于四，法国的首都是巴黎。

当我们在教孩子，正确认识自己的时候，我们应该对每一个孩子说：你知道自己是谁吗？你就是人间的奇迹，你是举世无双的。在你之前从来没有任何一个孩子跟你一模一样，你的腿、胳膊、灵活的手指和你动起来的样子，都是独一无二的。

你可能就是下一个莎士比亚，米开朗基罗或者贝多芬。你身上的潜力无限。没错，你就是人间的奇迹。当你长大后，你难道忍心伤害那些和你一样同为这世间奇迹的人吗?

我一边喝着茶，一边在心里对自己说，如果我是悬崖守护者，我会将这段简单但却富有启迪性的话送给那些自寻短见的人。

“托尼，你神游到哪儿去啦?”老人手里拿着茶杯，打趣地问道。

“很远的地方……但其实又很近。言归正传，快把故事讲完吧，摩西对你的计谋有何反应?”

“谈不上什么计谋。我只是在他的信仰基础之上，简单地让他自己重新主宰起自己的人生和未来的生活。当他紧紧盯着我双眼的时候，我知道之后我说的每句话都会深深地印在他内心最深处。他问我：

“我需要怎么做才能听到悬崖之歌?”

他用热切的眼神望着我，我回答道：

“像所有伟大的启示一样，你必须要做出巨大的牺牲：需要你忍受孤独，独自一人等候它的出现。这也是为什么大多数宗教都是在荒无人烟之地起源的。为了聆听悬崖之歌，只能独自一人，两个人都太多了。”

摩西鼓足勇气说道：

“守门人，我不害怕孤独。”

我立马回应道：

“我现在告诉你的这个秘密，你不能告诉任何人，哪怕你的同伴和导师也不行。”他点了点头，我继续说道，“你下山之后得和他们分开一段时间，你需要独自一人静静等待，悬崖之歌才会悄然而至，抚慰你的灵魂。”

“有什么方法可以让悬崖之歌早些到来吗？”摩西追问道，“我母亲总说我是个没耐心的孩子。”

“这是个重要的细节。”我又一次忍不住打断他。

“确实是！”他兴奋地说道，就好像刚刚通过了一个考试一般，“所以接下来整整一天我都在和摩西聊他的母亲，请他喝茶，给他糖果，这些仿佛让他回到了童年。摩西告诉我，他是个试管婴儿，不知道父亲是谁。他母亲的意外离世更是将他的人生前后一分为二。不过在聊到他的身世之前，我还是先回答了他的问题。”

“我想知道你是怎么回答他的。”我恳求道。

“我对他说：悬崖之歌将会为你指明通往新生活的道路，它随时都可能会在你的灵魂中响起。每次只要你为这个世界做些有益的事儿，即使是从对你自己有益的事儿开始做起，你都会离悬崖之歌越来越接近。”

第十九章

一杯牛奶

我此时完全清醒着，在床上辗转反侧难以入眠。我自言自语道，这种兴奋（或者说是清醒？）是我在光正先生的小木屋里的惯常状态。我想我的失眠可能是多种因素造成的。

首先是我已经有快一周的时间没有同以前的生活有过任何联系了，尤其是与那个以我名字命名的公司。即使之前我在商场的时候，都忍住没有连上手机信号，也许就是因为害怕一堆有关通知、问题和投诉的短信接踵而至，也可能是因为我已经完全沉醉在这处荒无人烟的世外桃源之中，在这里平日那些交际和虚与委蛇显得毫无必要。虽然后来我还是忍不住把在车上没什么反应的手机充上了电，但小木屋所在的山里一点儿信号也没有，这让我十分高兴。

其次，同埃斯梅拉达的偶遇让我深受感动，也许我们此生再难重逢，但一想到她，我心头还是暖意融融，我应该永远也不会忘记我们一起度过的那段短暂共眠的时光。

光正先生最后这几天讲给我听的故事，让我心中五味杂陈。令人钦佩的是，他成功地打消了摩西跳崖自杀的疯狂想法，毫无疑问他救了摩西一命。但是……剩下的那些人呢？他只是成功拯救了这一大群人中的“侦察员”。其他人仍会以为只有跳下悬崖才能获得最后的救赎。

想到这儿，我顿时感到了那种让人喘不上来气的窒息感，这种感觉从我青少年时代起就经历过多次：这个世界上的苦难实在太多了，我们却对此无能为力。当意识到这些全球性问题（气候变化、物种灭绝、战争、饥荒、人口过剩）的严重程度后，人们却只能选择无视或逃避。我只能努力用其他事情分散自己的注意力，以免陷入深深的焦虑之中而无法自拔。

乔纳森却不是像我这样，也许这才是所有不幸的根源吧。

重新回到那个让我在这个黑暗的房间里失眠的问题上，明知有上百人将要跳崖自杀，只拯救其中一个人真的有意义吗？

我突然想起大学时代印象最为深刻的一部电影——《辛德勒名单》，那里面就藏着这个问题的答案。片中引述了犹太法典《塔木德》中的一句话：“凡救一命，即救全世界。”电影告诉人们，通过拯救一个将死之人，我们同时也拯救了他的孩子和他的子孙后代。不过现在我对这部电影有了不一样的理解和观感。

如果我们把全人类和全世界当成一个整体，那么每一个充满爱和同情的善举都是意义非凡的。

这又让我想起霍华德·凯利医生，我当记者时曾报道过的一位对象。他是爱尔兰后裔，家中穷困潦倒，从年少时就必须靠挨家挨户上门推销商品才能维持学业，他吃过无数次闭门羹。有一次在推销时，他实在太饿了，不得已只能去要点儿吃的。当他敲响下一户人家的房门时，一位特别漂亮的小姑娘开了门，他看到后竟一时语塞，在推销商品前，他只简单地向她讨要了一杯水。

小姑娘看到他骨瘦如柴，估计他肯定是饿坏了，于是回屋里拿给他一大杯牛奶。这位年轻的售货员开心地大口喝下。虽然口袋里只有十美分，但他喝完后还是礼貌地询问这杯牛奶多少钱。“你并不欠我钱，”女孩回答道，“母亲教育我们，向有需要的人提供帮助，不应索取回报。”

那天下午，回到家的霍华德除了一肚子牛奶之外，心中还多了一些其他东西。那个女孩儿的善举让霍华德重新相信了人性的美好。

数年之后，那个女孩长大了，得了重病，当地的所有医生都束手无策。顶着风险，她被送转到市里的医院，请最好的专家来给她治病。

命运已经做出了最好的安排，那位接诊的专家刚好就是霍华德·凯利。看到送来的病人，他一眼就认出了她，但他什么都没说。而女孩也没有认出一身白大褂的霍华德。

霍华德竭尽所能来挽救她的生命，最后成功了。等她痊愈出院回家后，霍华德支付了她所有的治疗费用，之后给她邮寄了一张收据。

当收到印有医院标志的信封时，那个女孩颤抖着不敢打开。她知道治疗的费用肯定不菲，可能她一直工作到死都无法还清这笔费用。但当她打开信封拿出账单，读起来时，她的眼里立马涌起了泪水。那上面写着：

你已经用多年前的那杯牛奶支付了所有的账单。

凯利医生

第二十章

菩萨的启示

第二天一早我刚睡醒时，有片刻的错觉，以为自己还跟埃斯梅拉达一起被困在车里。

外面和那天一样下着瓢泼大雨。

当我意识到自己并不在车里时，心中难免有一丝失落，又赖了会儿床，才起来。乔纳森的骨灰盒还在泥泞的山谷深处，这阴雨连绵的坏天气则让我的心情更加黯淡。

我生着闷气，对自己说，不找到骨灰盒决不能放弃。所需的装备都已经准备好，只要等暴风雨一停我就再次下山，一寸一寸地寻找，直到找到乔纳森为止。

在我跳下床后，我意识到，没有任何提醒，只这一个简单而又机械性的动作，一切就都开始了。

伴着晨光，我在这间光正先生的私人博物馆里发现了一些之前我忽视了的细节。

我鼓足勇气打开一个衣柜，发现里面放着一些未完成的油画、一个坏了的画架、几本哲学书和一件女士旧衣服。毫无疑问，这些应该是画家阿曼达留下的。

当我走出屋子后，发现就算外面下着大雨，老人还是出门巡视去了。我忍不住好奇地向卧室里望去，发现那个房间就像是个陵墓：陈设极其整洁，没有任何照片或图书。但我还是发现了一个细节：在五斗橱上放着一枝干枯的玫瑰，仿佛只要轻轻地看它一眼，它就会随风消散。

在小客厅里，我驻足站在靠近窗户的壁炉旁，雨水不断冲刷着窗户。壁炉架上有一个我以前完全没有注意到的闪闪发光的东西，似乎是有人将其遗忘在此，那是个挂着半颗银色心形吊坠的项链，上面印刻的文字像是被小刀刮了一样模糊不清。

这是谁的项链呢？记者的直觉告诉我这东西背后肯定隐藏着一个故事。我决定接下来就请老人讲述关于这条项链的故事。

壁炉旁摆着一尊观音菩萨像，好似在监视着我的一举一动。这尊观音像摆放的位置有些歪，同时由于它总是让我有些紧张，我准备走过去把它摆正。

当我碰到观音像时，有什么东西落在了我的脚上。

我蹲下身子察看，殊不知就是这么一个小小的举动，会改写我在这座悬崖小木屋里的故事。

第二十一章

风之谜

波特兰，12 月 26 日

今天早上我在楼梯转角处又一次碰到了罗伯。他紧紧地裹着厚厚的羊毛围巾，只有翘起的鼻子露在外面。他是单身母亲的独子，所以总是得到母亲永无止境的溺爱。

罗伯是我的邻居，一个黑人小男孩，正在读小学一年级。在别人看来，这个小男孩能跟一个二十五岁的日裔公务员当朋友，这简直令人匪夷所思，或者说实在不合逻辑。

不过无论对他还是对我来说，我们可不在乎什么合不合乎逻辑。

罗伯是个特别可爱有趣的小男孩，就像一只入侵的飞鸟一样，可以越过我们这个街区的偏见之墙，这里一半是日裔侨民，一半是白人。周围的邻居没人知道他和他母亲是怎么搬到这里的。

他还是一个充满好奇心的小男孩，甚至可以说简直就像个“小偷”一样：每天早上我出门离家时，都会从我这里偷走几分钟的时间。

“你要去哪儿？”今天早上他坐在台阶上问我。

“罗伯，你是知道的呀……”

“你到底要去哪儿？”他坚持着问道。

如果我一直不回答他，他绝对不会放我走出楼门到路上的，那我上班就得迟到了，于是我回答道：

“去无人之地呀。”

“要想从此过，留下买路财。”

说着将一只短胖的小手从漏洞的手套里伸了出来。我把一块饼干放在他手上。

这时他妈妈叫他回家吃早饭。在离开前，他对我说：

“记得给我寄一张明信片。”

今天我差点没赶上轻轨。幸好在轻轨开动前最后一刻冲进车厢，及时到了单位，打上了卡。

“无人之地”是我对自己地下办公室的别称，一周六天、一天八个小时我都在那里工作。

我不会从这里寄明信片给罗伯，虽然这里是最容易寄的地方。

最近，我意识到写作对我十分有好处。两天前圣诞老人送给我这个笔记本后，我就决定以后每天都在午饭时写日记，或许只有这样在“无人之地”的时间才能过得快一些。

笔记本上那简单但却精致的笔迹深深地吸引了我的目光。它讲述了光正先生以前在那个灰暗的如迷宫般错综复杂的城市中的日常生活，与他当下截然不同。我很容易地就猜出来，这本藏在观音像后的精美日记本就是光正先生的，记录了他以前的生活。

这段再简单不过的故事好像有一种莫名的魔力一样异常吸引我。我既不能也不愿停止阅读这些连续性的文字，它们连接起来就像一串珍贵的项链。

这会是一个连续的故事吗？

波特兰，1月7日

看透那些没有被文字写明的事情是件多么难的事呀！比如，我想读懂我母亲的沉默，那种亲切而又居高临下的沉默包围着她、保护着她，但也使她与他人隔绝起来。这种状态让她远离我们与现实生活，却让她更贴近那些已经离去的人。这样，她可以更接近我父亲，更接近那个流淌在她血脉中而非记忆里的日本。

我也想要读懂窗外的风，树木的纹理、池塘里的水和大地……

我父亲说，在这些天地万物中隐藏着大自然的秘密，只有了解大自然的人才能破译。他还说，他的父亲也就是我的祖父，虽然是个大字不识的农民，但却能读懂大自然的语言。他种的庄稼总是收成满满，有一次还成功地在一场洪水中让他养的鸡幸免于难，而邻居家的却被洪水冲走了。他从来都不缺吃的。但是他的儿子也就是我爸爸，还是决定远离家乡来到美国，因为美国梦远比家乡的乡村生活要更吸引他得多。此后我爷爷就郁郁寡欢，因为他知道一旦他去世，他的鸡会无人照看，他的土地也会渐渐荒凉起来。

小时候，有一次我去附近的周末集市闲逛时，一位吉卜赛打扮的女人对我说，如果我愿意的话，她可以为我看手相，或者也可以看咖啡渣（一种占卜工具），她能帮我从中预测未来。

预测未来？！我笑了起来。那时我十五岁，我对她说，我的未来可无法预测，因为它在等着我来创造，我未来的建筑师只能是我自己。我已在脑海里勾勒出了未来的蓝图。说完我笑了起来，她则生气地诅咒着我。

不过话又说回来，那个女人还是诅咒到了我，因为我之后的人生轨迹与我设想的完全不同。

我本想通过学习理解皮肤、思想、心灵上的伤疤，然后治愈它们。我一直觉得这才是我应该做的事儿，但现实却是我每天都有数不过来的文件要看。

看着那一行行的文字，我从字里行间都能感受到现实生活给写日记之人带来的压抑和痛苦。我穿着长袖睡衣在客厅里全神贯注地读着日记，甚至都没有注意到外面的大雨早就停了。

波特兰，2月1日

罗伯已经三天没出现在楼梯转角处等我了，我有些担忧。

我慢慢地靠近他家的房门。我轻咳了一声，又在地上重重地跺了一下，里面什么反应也没有。

我似乎听到从门的另一端传来一声小小喘息。以防等会儿罗伯出来找不到我，我留下一张纸条，上面画上了个笑脸。

这就是我的过路费。

或许因为背负了太多东西，我是个特别敏感的人。昨天晚上我们一起庆祝了父亲的忌日。用“庆祝”这个词真是荒谬之极。谁会庆祝一个深爱之人的离世？谁会庆祝整个世界的崩塌呢？

十年前我父亲离我们而去。这种说法也让我难以接受。

此后，母亲就孤身一人在这座对她来说十分陌生的大城市里陪伴着我们，她一直也没有找到回去重新开始新生活的勇气和力量。

我是家里几个孩子中的老大，所以必须要承担起养家的重任。中学毕业后，我不得不埋葬了所有的梦想，去我叔叔开的一家餐厅里打工赚钱。三年后我去了一家超市当收银员。之后我在一家银行当柜员。再后来，用我家人的话说，那就是我撞了大运才得到我现在的这个工作，我被埋葬在了“无人之地”。

门外传来了光正先生的声音，他在给一群徒步旅行者指路。

我看了看墙上的钟。早上的时间竟然这么快就过去了！这怎么可能？

我在老人进门前，急忙跑回自己的房间。在最后一刻把日记本藏在了褥子下面。

不知道出于什么原因，我觉得光正先生应该不知道我发现了这个日记本。

第二十二章

面具之国

“你愿意陪我喝杯茶吗？”

我完全不需要回答这个问题，因为这无疑就是在邀请我聆听一段新故事。我已经洗了澡并换上自己的衣服，静静地坐在餐桌旁准备听他讲故事。

天边的乌云终于消散了，阳光洒满了客厅里的每一个角落，整个屋子暖融融的，就像夏天提前到来一般。

光正先生一边烧着水，一边讲起了新的故事，蒸汽弥漫了整个厨房，新故事中新的角色就这样悄无声息地融入了我的生活。

“莎士比亚曾说过，‘懦夫一生死多次，勇者一生死一回’。你不觉得这是句至理名言吗？”

我赞同地点了点头，一边认真地听着故事，一边吃着早餐，一份抹了花生酱的吐司，这些吃的是我从商场刚买回来的，只过了一天，那个商场就又像一个陌生的世界远离了我。

炉子上的茶水沸了又沸，然后光正先生才把茶叶过滤出来，给我倒了一杯茶水。

“这句名言让我想起了马丁，他是个身上背负了太多的男人，我第一次见到他时就看出来了：他总是低着头、耸着肩、走起路来十分疲惫的样子……但与往常不一样的是，”他眯着眼说道，好似在重拾那段充满人情味儿的回忆，“第一次他是跟着旅行团在向导带领下一起来到这里的，他第二次来的时候，则是独自一人。”

那是一个雾气蒙蒙的下午，我看到窗外好像有一个模糊不清的人影一闪而过。虽然外面什么也看不清，但我还是毫不犹豫地出了屋，却什么人也没看到。我想也许是我看错了，刚才那个人影应该是幻觉。

这时传来一声啜泣，这声音如同灯塔为我指明了方向，我在迷雾中发现了那个三十来岁的男子。他抱着悬崖边的一棵树伤心地哭泣着，就在北边，你之前应该看到过。

我点了点头，喝光了杯里的茶。那棵树在狂风中矗立不倒，在高处孤零零存活下来，就像光正先生一样。

“我如同往常一样慢慢地靠近他，以免吓到他，我一句话都没有说，”他继续说道，“我一句话都没有说，直到伸手抓住他肩膀，我看到他跟我个子一般高。他放弃了挣扎，顺从地被我带走了，就好像完全没有了主观意识一样。”

当我们回到小木屋后，他浑身都在发抖。我在壁炉里生起了火，让他坐在扶手椅上，给他盖上毯子。我什么话都没有说，只是沏了杯茶给他。之后我就坐在他身旁静静地陪着他。

壁炉中燃烧的木炭噼啪作响，他啜泣声逐渐变小。到最后，只剩零星的几声抽噎和无声的眼泪。托尼，我知道聆听他倾诉的时候到了，不需要问他任何问题，他自己自然就会讲出来的。

听到这里，我笑了笑，突然想起光正先生日记的内容。他当公务员的时候，每天只能待在“无人之地”，阅读各种通知和挂号信，但当他成为悬崖守护者时，他则拥有了阅读他人隐藏在灵魂深处最隐秘想法的能力。

“马丁目不转睛地盯着壁炉里的炭火，讲起了自己的悲惨经历。他曾在一所著名的大学学习人类学。毕业后，他决定跟自己最要好的朋友乘车游览非洲。他们想去西非多贡人的聚居区，这是个拥有千年历史的古老民族，多贡人居住在一片跟这里一样陡峭的山坡上……多贡人虽然还不到八十万，但却有多达十二种语言和五十种方言。他们甚至还有一种叫作 sigi so[①] 的神秘语言，只能教给多贡人‘神秘面具组织’中

① 多贡人的一种神秘语言，只有多贡人“神秘面具组织”中的男性贵族才能学习，女人没有权利学习这种语言。多贡人每隔六十年都要举行一次名为“锡圭（Sigui）”的仪式，是一种复活仪式，源自天狼星伴随太阳起落的自然现象。在这个仪式中，祭祀的人要戴上面具，表演一种复杂的舞蹈。这是多贡人是最隆重的宗教活动仪式，在这个仪式上使用 sigi so 这种神秘的语言。

的男性长老。甚至还有传闻说这个种族和外星人有过联系。”

“我算是明白为什么这些年轻人类学家想去那个地方了……”我边说边为自己倒了一杯茶，我觉得这个新故事十分有趣。

“他们勤工俭学，当半年的服务生才存够钱。他们相信这次具有开创意义的旅程肯定会改变他们的人生：对马丁自己来说，可以收集博士论文所需的数据；对他朋友弗雷德那个狂热的摄影爱好者来说，则可以为首场个人摄影展准备素材。结果，这场旅行的确改变了他们的人生，但却不是他们想象中的那个样子。”

光正先生不愧是大师，非常善于营造故事的紧张氛围，他在这里停顿了几秒，以确保我在认真地听他讲。我怎么可能不全神贯注听他讲呢？

“马丁说那次旅行从最一开始就波折不断。你信命吗？他对我解释说，此后每一个无法入睡的夜晚，他一遍又一遍地回想起旅行中的种种，这才发觉为了让他们放弃这趟冒险之旅，上天早就给他们传递了无数信号。”老人长叹了一声，一脸痛苦地抬起了一只手，“但当时他们两个还很年轻，对神秘的事物充满了狂热的好奇和向往，怎么可能对抗那让他们着迷的幻想呢？他们完全忽略了上天给他们的那些信号。”

为了延长这趟冒险之旅的时间，他们没有选择乘坐飞机，而是决定搭乘一艘商船从北非出发。启程那天，因为薪酬太低船员引发了骚乱，他们无法登船只得留在岸上等待。他们不得已，只得找另一家航运公司，付了大一笔钱才使得船长允许他们登船，并且他们还需要帮助船员完成船上的相关工作。

一个礼拜后船终于靠岸了。塞内加尔是他们的第一站，随后他们将从那里通过陆路前往多贡人的聚居地。但当他们到达塞内加尔和马里两国交界的边境地区时，他们乘坐的面包车突然抛锚了，根本没有任何办法可以修好它，充当向导的司机也跑了，把他们遗弃在此，让他们自求多福。看起来就好像马丁和他的朋友事先支付的费用就只够司机把他们送到这里一样。

之后虽然他们成功地搭上一辆出租车，进入了马里，但却因为当地政府不承认他们护照上的签证而被拦下。经过几个小时漫长的交涉以及支付了一笔额外的费用后，这个令他们充满向往的国度才为他们敞开了大门。然而，美梦很快就变成了噩梦。

当他们抵达第一个小镇后，当地的警察告诉他们，马里最近发生了许多骚乱，政府部门难以保障他们的人身安全。

“他们这运气也太差了。”我惊叹道，“长途跋涉这么久，在距离目标这么近的地方，最后被迫停下脚步打道回府。”

光正先生看着我，好像完全听不懂我在说什么一样。

“谁告诉你他们要打道回府了？马丁和弗雷德决定赌一把。之前他们了解到，多贡人热情好客、追求和睦。如果能成功抵达多贡人聚居的尼日尔河河畔，他们就安全了。在跨越了大洋、沙漠和好几个国家后，最后这二百公里的距离又算得了什么呢？”

我喝了口茶，咽下了心里的疑问。显然，这个最后的决定产生了致命的后果，但我还是想知道故事最终的结局。

“入境马里的第四天时，他们乘坐破破烂烂的巴士继续出发了，途中马丁开始感觉身体有点儿不舒服，想要呕吐，他们不得不在一个偏远的小镇下了车。之后他们沿着一条通往前方小镇的道路继续步行，当地人告诉他们在那里可以找到去往多贡人聚居区的交通工具。”

走着走着，身后传来了一阵引擎的轰鸣声，他们以为终于可以得到救助了，但却很快就意识到这其实是厄运的开端。当时，马丁一阵腹痛难忍，他跑到灌木丛后拉肚子，在这里他目睹了他朋友是如何伸手拦车的……以及随后发生的一切。

两个男人用屠刀威胁着他朋友。从他们的举动判断，应该是让弗雷德交出身上的钱、手机和证件。突然，弗雷德和他们争吵了起来，毫无疑问，他这是在争取时间，他认为马丁马上就能赶过来帮他。二对二，他们还是有可能获胜的。如果马丁用一个可以击打的武器，哪怕是一块石头，都可以从后面给那两个男人出其不意的一击，然后……

但当马丁还没有来得及继续幻想时，就看到了那两个人用刀刺穿了弗雷德的脖子，他吓得一动都不敢动。惊慌失措地瘫在藏身之地，期待着那些暴徒带着战利品早点离开。

马丁感觉自己的心脏已经停止跳动了。当马丁再次回到路边时，没有勇气多看他朋友一眼，感觉自己变成了一具行尸走肉，只是用余光看到弗雷德的脑袋和身子已经分了家。

经过了数天的调查取证，办理遗体遣送等手续后，马丁终于回到了家，他感觉自己似乎也死在了马里。他在脑海中一遍又一遍地回想着那个恐怖的场景，夹杂着对一切他本可以做但却没有做到的事情的种种幻想。精神恍惚的他实在没办法找到任何工作，并且和他所有的朋友都断绝了来往。

他躲在父母的家中，每个夜晚弗雷德被砍下的头颅都会不断地出现在他脑海中。有时弗雷德会咒骂他，有时则会从弗雷德的嘴里和眼窝里冒出一堆恶心的蛆虫……在深受噩梦困扰一个月之后，他的一位表哥说服他出去参加一次徒步旅行，以便尝试忘掉他所经历一切。在发现了这个地方之后，他决定要再次回到这里结束一切痛苦。

当我在悬崖边拦下他后，我问他这纵身一跳能解决什么问题呢，无论如何他的朋友都不可能再死而复生。马丁绝望地回答道："只有这样我才能赎罪，以命抵命，我本应该在那个尘土飞扬的路旁同弗雷德一起丢了性命才对。但我没有做到，我是个懦夫。我已经准备要跳下去的，但在最后一刻我感觉到……"

"他说什么了？"看到光正先生陷入沉思，我焦急地问道。

"什么也没再说。他已经无法表达他的感受。他心中巨大的负罪感就像个黑洞一样无情地吞噬着他。"

"我特别理解……"我说着站起了来，想要放松放松我的身体。“我实在想不出来，你是如何拯救马丁的，他身上背负了如此沉重的包袱。”

“一开始我也不知道该怎么办……”光正先生一边烧水一边答道，“不过聊着聊着，我逐渐找到了正确的方向。我又问了一遍刚才那个简单而又直白的问题：

你跳下悬崖能让弗雷德起死回生吗？”

马丁怔了怔，过了半晌才回答道，不能。于是我更加卖力地反复劝说他：

“如果跳崖并不能让你的朋友活过来，那么你这样做就是在逃避责任。与让你备受折磨的那种行为相比，现在你的所作所为是一种更加懦弱的表现。”

这些话触动了他敏感的神经，他站了起来，跟你现在一样，对我说：

“你说这些是什么意思？”

看到我的话触痛了他的自尊心，我知道我应该可以成功地说服他了。顺着刚才说话的思路和逻辑，我继续开导他：

“如果我们接受了你的死无法让弗雷德复生这个现实的话，那么你能够补偿弗雷德的唯一方法，就是去挽救另一条生命……或者更多生命，只有这样，你才会消除负罪感。”

“天哪，这可太妙了，这么一来形势马上扭转了。马丁怎么说？”

“他沉思了半晌后回应道：你说得很有道理。但问题是如何……我怎样才能挽救他人的生命呢？我对他说：这就需要靠你自己去发现了，你已经出去看过这大千世界了，想必也看到了很多可怜的孩子。举个例子，他人的一个小小的善举就能挽救一个孩子的生命。你可以成为那个与众不同，挽救他人生命的人。为了弗雷德，更重要的是，也为了你自己，勇敢地去做吧。”

光正先生讲到这里时停下来了一会儿，似乎是在表明这次谈话之后，过了一段时间，他才再次与马丁见面。

“半年后，马丁重新回到了这里。让我高兴的是他不仅决定继续好好活下去，而且一举一动都充满了活力，他眼中闪烁着幸福之光。他简直就像变了个人一样。”

“他成功地救过什么人吗？”我焦急地问道。

“远不止如此……他发起了一个拯救了成百上千人生命的项目。在一家银行的资助下，在不要小费的快餐店收银台旁边放置一个零钱罐。这个主意是不是特别棒！零钱罐上写着‘您的一个小小的善举可以改变世界’的标语，目的是让顾客把零钱捐赠给一家基金会，这家基金会致力于为马里的贫困地区提供帮助，例如饮用水、疫苗和医疗援助。这家非政府组织的简称是FF……”光正先生露出满意的笑容，“你知道这两个字母是什么意思吗？”

“我想我知道……”我激动地低声说道。

“是的，朋友，它的全称就是弗雷德基金会（Fred Foundation）。”

第二十三章

天堂的守护者

这个故事令我内容感动不已，以至于我需要到木屋外透透气才行。最近几场雨过后，我几乎已经丧失找到骨灰盒的信心了，但至少我得让自己再试试，才会好受一些。我穿了登山靴、带上了两根登山杖，并在背包里放了一件雨衣、一卷绳子和一个水壶。我跟老人道别后就出发了，准备晚饭时回来。

大约还有六个小时天才会黑，我可以利用这段时间好好搜寻哥哥的骨灰。当我沿着那条掩映在茂密树林间的羊肠小道下山时，马丁和弗雷德的故事还萦绕在我脑海中，久久不能散去。如果马丁在非政府组织中得到了救赎，在他朋友失去性命的那个国家里挽救了更多的生命。那么同样我也可以做点儿什么来弥补我对乔纳森的疏忽。

在我的能力范围内，我能做的最有用的事儿就是把悬崖守护者的故事写出来。或许这样就可以激励其他人效仿这位悬崖守护者，在全世界其他类似的“自杀圣地”挽救他人的性命。

我一边想着这些，一边朝山下走去，此时我已经开始汗流浃背了，借助了靴子和登山杖，我下山的速度明显加快了。到达谷底之后，我搜寻到了骨灰盒在悬崖上掉落的确切位置，目测在我所处方位的右侧，两地之间最多相距一百米。

没有别的办法，我只得在悬崖和峡谷底之间的树林中一寸一寸，来来回回地仔细寻找。但就如我所担心的那样，几场暴风雨把这片植被茂密的土地变成了一个泥潭，我每走一步都会陷入其中。

大地或许真的已经把我哥哥吞没了，我越来越相信这种可能性。即使如此，我还是在泥泞的山谷中步履维艰地缓慢前行，搜寻了大约泥泞的三十米长的地带，但还是什么都没有找到。

我十分沮丧，用背包当枕头，躺在灌木丛下准备休息一会儿。我闭上双眼，思绪开始不断飘散开来，脑海中不断闪过我人生中的各种画面，似乎有一个疯狂的剪辑师将这些零星片段组成了一部电影。

我看到家庭聚会中的乔纳森和我，大学生活的第一天，在冲浪板上冲浪，在办公室，在父亲的葬礼上，还有那个把我的人生一分为二的电话……从这里之后就只出现了一些模糊不清的画面，好像所有的一切都来自一个不确定的地方，在我梦里它十分模糊，根本无法界定。

突然间我额头痒痒的，上面有只虫子，我怀疑自己真的睡着了。事实证明了我的怀疑，我睁开双眼后，发觉当我沉溺于那旋转木马般混乱的回忆时，太阳已经开始西沉了，四周的光线逐渐暗了下来。

我用手在面前晃了晃，这才发现刚刚叫醒我的是一个彩色的小玩意儿，距我鼻子不到半厘米远。

那是一个挂在灌木丛上的解忧娃娃，它虽然十分娇小但却拥有大大的能量。刚刚在我打盹的时候静静地守护着我，现在它正注视着我。

第二十四章

两个人的芭蕾舞步

我发现埃斯梅拉达可能仍在山谷中某处露营，她说不定也能看到我留下的足迹。突然一颗豆大的雨滴从天空中掉落下来，预示着一场暴风雨又要来临。

由于上次在洞穴里躲避暴风雨的惨痛经历，我决定今天不在这里久留了，明天再下来继续寻找。

虽然找到骨灰盒的希望越发渺茫，但一想到马上有可能再次见到那个守护着我入睡的流浪姑娘，我就又重新燃起了动力和希望。

夜幕降临，暴风雨即将到来，我想埃斯梅拉达至少得在帐篷里待到明早才能走。所以我计划明天一大早再下到山谷里来。

山谷中狂风大作，下起了暴雨，暴风雨不断击打着我，但一股莫名的力量支撑着我走回了光正先生那充满生机的小木屋，我一点儿也不觉得累。

我把雨衣挂在门廊上，然后小心翼翼地推开了小木屋的大门。一碗热气腾腾的汤面摆在餐桌上，似乎老人早就算准了我回来的时间。

经过他卧室时，我发现房门关着，这种情况只有当老人待在卧室时才会发生。我决定学习他的做法，将那碗汤面拿回自己房间里吃。

关好房门后，我立马把藏在床垫下如同宝贝一样的日记本拿出来。在等待日出的这段时间里，没有什么比接着读这本日记更好的安排了，日记里的光正先生对我来说既年轻又陌生。

波特兰，3 月 13 日

最近罗伯的脸上失去了笑容。但当他听到楼梯里我的脚步声而打开房门见到我时，一切看起来又都是那么正常，或者说差不多还算正常。

今天他像往常一样伸出小手索要过路费：一颗樱桃酒心巧克力。

“它来自‘无人之地’……充满了神奇的魔力。”我跟他开着玩笑，尝试逗他笑。

尽管他很好奇，但他也只是飞快地瞥了一眼。

把这颗巧克力揣进了口袋里。

他飞快地关上了房门，生怕我看到他正在忍受的痛苦和折磨。

然后我出门去上班，心里却充满了一种负罪感，小罗伯那么悲伤而我却那么幸福……

是的，幸福。

我读着刚刚写下的那个词，细细地品味着。福洛伦丝的“福”。

我十分享受地回味着她的名字，她就是那个可以让我停靠下来的港湾。

小巧、宁静而温馨。就像她一样。

在见到她之前，我其实就已经熟悉了她的脚步声了。因为她就在我办公室的楼上工作，我花了好几个星期才认识她。

两周前的一天，上午十一点，阳光照进了“无人之地”。当我觉得房间亮起来时，我正在处理一个寄信人地址和姓名不详的包裹。

我把目光从那张蒙古国的邮票上抬起来，看见一个古铜色肌肤，小巧玲珑的姑娘。她毫无缘由地笑了笑，静静地看着我。

最重要的是，我丝毫没有感到不舒服。她身上有一种让我信任的感觉。

她穿了一件宽松的手工编织的毛外套。胸前别着名牌：福洛伦丝。

忽然间她好像反应过来此行的目的。她红着脸，递给我一个包裹。

“他们跟我说你知道该怎么做。”

她的声音像天鹅绒般顺滑美妙。

然后她就转身离开了。

两个小时过去，我还在抚摸着那个包裹，感受着福洛伦丝指尖留下的温度。

波特兰，3 月 19 日

“谁会住在‘无人之地’呢？”

昏暗的楼梯间里突然传出罗伯的声音，吓了我一跳。今天他又像以前一样，坐在楼梯转角处等我，我差点儿踩到他。

这么多天以来，我终于又在这里见到了罗伯，我实在太高兴了。哪怕上班可能会迟到，我也还是在他旁边坐了下来。他只穿着睡衣，浑身打着寒战。

我脱下外套，搭在他肩膀上。小男孩裹在我的宽大的外套里，就像消失了一样。

“只有我一个人。”

他吃惊地瞪大了眼睛望着我。

我从背包里拿出一个橘子，想跟他一起分着吃。他眼里闪出一丝光芒，虽然很微弱，但还在闪闪发光。

在吃橘子前，他又开口问道：

“你每天在那儿工作那么久，你都在做什么呢？一个人不无聊吗？”

“我每天可是有很多工作要做的。”

他点了点头，就好像他听懂了我在说什么一样。

“你知道每天有多少份包裹、挂号信、文件和电报要寄到我们国家吗？”

“什么是挂号信呀？电报又是什么呢？”

毫无疑问，这些问题打开了我的话匣子。

只要一想到索引标签上的红色标记我就会感到很开心。

我从未发觉我的工作会像我今天早上给小罗伯讲的那么有趣。

我是一名邮政公务员，但我的岗位却非常特殊。我并不向公众服务，而是负责分类那些无人认领又无法退回的国际邮件。简单地说，我的工作就是：区分辨别这类邮件，月末再统一销毁。

虽然工作简单，但我却不是个什么好职员。我私藏了一个秘密的小盒子，我把它叫作“诺亚方舟”。只有小罗伯知道它的存在，因为今天我跟他讲了盒子里的一部分秘密。

盒子里装了各式各样的东西，有从法属波利尼西亚寄来的犰狳标本，因为是濒临灭绝的保护动物，所以不能交给收件人；有一封一位奥地利小朋友写给自由女神像的信，但他却忘记留下自己的地址；一张本世纪初就寄出的明信片，寄信人和收信人早就不知所踪……

总有一天，我也会把“诺亚方舟”的秘密告诉福洛伦丝，让她与罗伯一样成为我的知己，除此之外，再也不会有其他人知道我的秘密了。

也许明天，如果她下来找我的话，我就告诉她。

波特兰，3月27日

现在是上午9点，我听到了楼上福洛伦丝的脚步声。我已经不在办公室播放音乐了。对我来说，没有什么音乐能比我心爱的姑娘的脚步声更动听了。

她的脚步声告诉我，每当她走到她认为是我办公桌的位置时，她会跟我玩儿一些脚步上的小游戏。一个芭蕾舞步，或者是一个吉卜赛人踢踏舞舞步。有时她好像又在用脚尖在地上写着我的名字。

虽然没有真正听到，但我相信她就在这么做。

当音乐在“无人之地”被禁止后，这里发生了某种翻天覆地的变化。那些被归类放置在同一个盒子里从阿富汗、阿尔巴尼亚、安哥拉、阿鲁巴、阿根廷和亚美尼亚[1]邮寄过来的包裹的取件通知不断发出抗议，想要和它们的邻居会面。它们的邻居是那些从比利时、保加利亚、伯利兹、不丹和巴巴多斯[2]邮寄来的。

看到没！几个世纪以来它们都没说过话，可现在……

长长的文件架的另一端，以Z打头的也在蠢蠢欲动。那些从赞比亚、桑给巴尔和津巴布韦寄来的信件都想要加入此

---

① 这几个国家名称的西班牙语首字母均为字母A。

② 这几个国家名称的西班牙语首字母均为字母B。

次抗议活动。

幸运的是，总是存在有头脑的。那些因拼写错误从而导致从不存在的国家寄出的信件强烈反对此项要求，利智（Hcile）[①]、布法索基纳（Burfaso Kina）[②]和“东极”（Polo Este）[③]和也门联合起来，也门是唯一以 Y 为首字母的国家，知道少数的总是最不受尊重的。所以它们好几天时间都在办公室乱糟糟地吵闹，以此表达对多数派的不满。

我昨天就是这么跟小罗伯解释我的工作的。

我还跟他提起了福洛伦丝，她脚下舞曲，“无人之地”的觉醒，还有她那熠熠生辉的微笑。我还告诉了罗伯，福洛伦丝曾在休息时来拜访过我，她走后我还能感觉到她身上散发的光芒在这天剩余的时间里继续笼罩着我，照亮了那堆如小山般的信件、那些报废的电报机和在来来往往的寄送途中被遗忘的、被偷窃的、被扣留的、丢失的和被丢弃的各种物件。

我也不再觉得自己是那个漂泊不定的人了。

罗伯显然比我母亲更明白福洛伦丝是谁，以及对我来说意味着什么。

波特兰，4 月 13 日

“‘无人之地’的女王怎么样啦？”罗伯问我。

已经七点十分了，上班要迟到了。早上我跟领导有一个

---

① 正确的西班牙语拼写应为智利（Chile）。

② 正确的西班牙语拼写应为布基纳法索（Burkina Faso）。

③ 正确的西班牙语拼写应为北极（Polo Norte）或者南极（Polo Sur）。

特别重要的会。终于！要给我晋升了吗？八年来，我一个人在那间地下室处理那堆无人关心的文件……要把我调到跟福洛伦丝一层了吗？和她在同一个部门吗？想到这些，我觉得身上就像通了电一样兴奋。

“挺好的，挺好的……”我匆忙地答道，并没有停下脚步。

我感受到罗伯伤心的目光，一直望向我的后背，这次他没有敢向我索要过路费。我隐约听到他在后面喊道“替我向她带好”之类的话。

我向福洛伦丝提起过罗伯，她曾也让我给小罗伯带过一些问候和糖果……

我一路狂奔，我最后终于按时到达了办公室。

领导的确是要给我晋升。领导办公室在五楼，那里阳光普照，但却没有动人的脚步声。

“地下办公室的装修预算已经被批准了，所以我们将把你调到其他部门去。”

但我一点儿也高兴不起来。我非常担心我的犰狳标本、无法退回的信件、没有签收人的挂号信和电报。这让我十分沮丧。

但是更美好的未来也在向我招手。

“根据你新的工作内容，新岗位薪资会有所提升，还会给你提供一间条件较好的办公室……但这个岗位在斯波坎市。你我都非常清楚……”

我的大脑一片空白。

斯波坎市距这里有四个小时的路程，我不可能留下妈妈一个人，去那里工作。我也不能撇下弟弟妹妹们不管。我是家里的顶梁柱和守护者。自从父亲去世后，他们每天都这么对我说。从那时起，各种琐事就向我纷至沓来。

最重要的是，我不愿意离开福洛伦丝。我已经认定她就是我的终身伴侣。

我还没有对她表露心迹。但总有一天我会的，因为在此之前我还需要说服我的母亲，让她相信这个信奉基督教的美国白人姑娘就是我的未来，这个姑娘才是我今生真正渴望得到的“晋升”。

第二十五章

蛇与星星

距我上次阅读光正先生的日记已经过去好几天了，但日记里面的人物仍然让我无法忘怀。现在我就住在这座悬崖旁的小木屋里，在被放逐的奇异时光里，我感觉这本日记里的故事早已成为我生活中的一部分。

我最担心的还是小罗伯。毫无疑问，在这个小朋友身上肯定发生了什么。除此之外，我还十分好奇光正先生和福洛伦丝之间的故事。光正先生和福洛伦丝那真挚热烈的感情后来发展到什么程度了？我毫不怀疑这本日记就是光正先生的。

在这间孤独而又寂静的客房中，我多么希望有一扇小窗可以回望过去，让我看到光正先生和福洛伦丝俩人在“无人之地”的文件架和信件之间翩翩起舞。我扪心自问，我也能像他们这样去爱吗？还是说只有光正先生和福洛伦丝这样纯粹的人才能拥有这种感情呢?

就在我无法入睡之时,埃斯梅拉达的样子忽然像幻影一样出现在我眼前。我清晰地看到,她在树林之中的身影,同时也看到我自己闭着眼躺在树下。我看到她用纤细的小手把一个解忧娃娃挂到树枝上。此时,那个解忧娃娃正与其他小伙伴们一起在这间漆黑的房间里,守护着我那迟来的梦。

为什么这个陌生的女人一而再、再而三地出现在我脑海中呢?还是我从来就没有真正忘记她?

我想起了埃斯梅拉达的笑容,那笑容既灿烂又神秘。我看到她在暴风雨中迷了路。从她未经我允许,就坐上车的那一刻起,爱情就这样悄无声息地降临了。

“托尼!”

客厅里传来光正先生的声音,我赶紧起床。我想应该已经是午夜时分了,我急忙穿好衣服,走出了房间。

我有点儿迷惑地看着光正先生站在壁炉旁,我觉得有必要跟他聊聊他的过去。

“光正先生,我有一个问题……”

“不论这个问题有多重要,你都得先等等……”他一边回应我,一边死死盯着壁炉上一个黑色的东西,“我有更紧急的事儿……你别弄出声响来,也不要大喊大叫。快给我拿来一个扫帚或者棍子之类的东西……”

不需要老人再说下去了。在加州长大的人,沙漠居民的后代,从小对这个声音就非常熟悉。因为他们无数次被提醒要小心这种声音，因为这种声音可能会要了他们的性命。

“一条响尾蛇！”

我赶紧去取了根在商场里买的登山杖，老人拿着登山杖，用垃圾桶盖当盾牌驱赶那条蛇。光正先生的动作既迅捷又精准，就好似驱魔仪式上的舞步。

等把这位不速之客赶跑，关上门后，我们出去到门廊上喝起了茶。

今夜格外宁静，天空中繁星闪烁，犹如来自另一个世界的眼睛。我告诉自己，现在正是询问光正先生关于他以前在地下办公室工作的最佳时机。由于承认自己一直在偷偷阅读他的日记会让我十分羞愧，我决定采用一种迂回的方式跟他聊天，就像刚才那条被我们赶回悬崖的响尾蛇一样。

“光正先生，我看你对待小动物很有一套，难道退休前在动物园工作吗？”

老人开心地笑了起来。

“或者是在一家珍奇宠物店工作吗？”我看他笑着否认了，决定继续跟他玩这个游戏，“我觉得你非常会应对各种危险。让我想想……你以前在治安较差的街区中学当老师？”

光正先生摇了摇头，他似乎很享受这个游戏。最后他开口说道：

“你永远也不会猜到的。”

“为什么？”

“因为你从来没有去过那种地方，也从来不认识做那类工作的人。”

我的嘴唇微微翕动。

光正先生看着漫天繁星，好像能从星空中读懂一位看不见的神明传递的编码信息。他似乎十分享受，仿佛这是他第一次在门廊上瞭望星空一样。

他用一种仿佛来自他处，甚至是从其他人嘴里发出的声音对我说道：

“我曾在一个‘无人之地’工作了四十年。”

第二十六章

被摧毁的王国

波特兰，5月3日

我感觉到，气氛突然变得紧张起来。但我不知道该怎么办。

尽管对此十分不理解，领导还是尊重了我的决定。地下办公室开始翻修前，我可以一直待在那里。

消息传遍了所有办公室。光正简直是疯了，宁肯待在那个地下的办公室里，也不愿意去一间充满阳光的精致办公室。他不想升职，想继续留在原来的部门，每天从事那些毫无意义的分类和销毁工作。

他们不能理解我。

但福洛伦丝和小罗伯理解我，对我来说这样就足够了。

我也曾向同事们解释过，对我来说，新的岗位也是同样的无聊和乏味。尽管我不想在文件堆里浪费生命，但父亲的去世，让我不得不在这里工作。

福洛伦丝的笑容为这份暗淡无趣的工作带来了光明。如果让我离开她，所有的一切也就都失去了意义。

这几天我经常会想起我父亲。他真的不能接受我和福洛伦丝在一起吗？每次我跟我母亲提起，想让她认识一下福洛伦丝的时候，我母亲总是这么说，到现在她一直也没有同意跟福洛伦丝见面。

我母亲的眼泪、妹妹责怪的目光和叔叔们的叹息都让我心痛。

我该怎么办呢？

波特兰，5 月 11 日

“罗伯，明天我要和福洛伦丝一起去沙滩。”今天早上我告诉罗伯。

他吃惊地问我：

“‘无人之地’竟然还有沙滩？”

我哈哈大笑，对他说：

“我很真诚地邀请你同我们一起去。”

罗伯从来没去过什么别的地方。他似乎连学校都不再去了。

“女王是你的女朋友吗？”

“是的，就是我女朋友。”

我站在楼梯转角处回答小罗伯，虽然那时太阳还没有升起，但我感觉自己已经被幸福的光芒所笼罩。

我几乎已经忘记这种感觉了。

上一次，应该还是我十五岁时的一个星期天，我的彩色风筝飞得比我父亲的还要高时。

“你已经是个男人了，”父亲鼓掌祝贺我说，“而且你肯定会比爸爸长得更高，我敢肯定。”

我为自己、为父亲感到高兴，同时也为风筝感到高兴，因为我松开了风筝线，赋予了它自由。

波特兰，5 月 21 日

罗伯家里肯定出事儿了。他再也没有出门到楼梯转角处等我。

我在一天里不同的时间，多次敲他家的门，但没有任何回应。尽管我母亲很不高兴，但我还是请求她在我上班的时候，帮我盯着罗伯有没有出门。但他一直没出来过。

听说社区志愿者去过他家两次，但他们却拒绝向我透露任何信息。

和我们家一样，罗伯家里肯定出事儿了。

我已经受够了母亲的一拖再拖，于是直接把福洛伦丝带回了家，想给他们一个惊喜。我希望他们看到福洛伦丝是一个非常漂亮的姑娘，有着古铜色的肌肤，充满活力的眼睛，还有一颗金子般的美好心灵。

为了准备这次拜访，福洛伦丝花了一下午时间选择衣服、梳妆打扮，并且精心挑选了一些茴香和巧克力味儿的蛋糕作为礼物。

然而，我母亲并没有屈尊接待她。

餐厅里只有福洛伦丝和我，还有我其余的四个兄弟姐妹。我母亲把自己和我大妹妹关在房间两个多小时不出来。从房间出来后，她也只是在重复这几天一直在说的话：“如果你可怜的父亲……”

波特兰，5 月 24 日

这几天以来，福洛伦丝一直试图摆脱这件事情的影响。“我们的感情才是最重要的。”她说，“如果看到我们真心相爱，他们就会改变，最终也会接受我们的。”

我拉起她的手，我希望以后真的能如她所说的一样。

昨晚我回到家时，家里笼罩着一种庄严肃静的气氛。而且让我吃惊的是，餐桌被装点成了盛大节庆时的样子：桌布、餐具、蜡烛和一桌好菜。电视柜上摆放着我们所有先祖的照片，还有一张祖父母家乡的旧明信片。蜡烛被点亮了。安仓先生也在，他是波特兰日裔聚居区里最年长的前辈之一。他和我父亲一样是最早一批来到这里的日本人。晚餐由安仓先生主持，餐桌上的气氛异常严肃，大家都静静地吃着饭。

大家都低着头。我感觉父亲的遗像一直紧紧盯着我的后脖颈。

餐桌上只有安仓先生一个人在说话，回忆着饥饿席卷日本的那段悲惨岁月，讲述着那些登船出国谋生的年轻人。船把他们带到这里，远离家乡，这里的一切都是如此地不同。但这里的白种人却并不待见他们，他们中一些人像奴隶一样在夏威夷的农场干活，另一些人则在太阳暴晒下修铁路。不公正的法律，有辱人格的待遇，所有这些苦难他们都忍了过来。但那些白人还是一直给他们使绊子，要不就是冷眼旁观，私下低声议论他们。前辈一边说着一边用他那小而严厉的眼睛看着我。

“福洛伦丝的家庭是什么样的？他们能接受自己的宝贝女儿嫁给……的后代？如果你们俩人真的结婚了，你将永远是他们的奴仆，根本不会获得她家人的信任。

“‘二战’以后，日本人，甚至那些出生在美国的日裔，都成了美国士兵和他们家人仇恨的对象。美国政府也不信任他们，把他们全关进了集中营，在那里他们备受饥饿、寒冷和疾病的摧残。我父亲就是他们中的一员，他的哥哥还在那里送了命。

“他们都是善良的平民，但却遭到歧视和虐待，当时只有日裔侨团愿意照顾他们这些孤儿。只有我们自己人才会互相保护，互相照顾。”

安仓先生的话将我彻底撕碎了，我像是被耀眼的光线灼烧了一般。

我闭上双眼不想再听下去了。

我是日裔侨民中的一员，是这个异常团结的群体中的一部分。这种团结让我如此窒息，但也给我们提供了很多帮助。我不能忽视我的家庭，我也无法对抗日裔侨团，这将成为我们姓氏的污点，也会让我父亲蒙羞。

一想到父亲，我就忍不住泪流满面。也许，最终我母亲才是对的。

我父亲生前一直尽心为侨团服务。他永远也不会忘记侨团为他做了什么，是如何让他脱离苦海的，并发誓他的后人也会永远铭记。我难道要让父亲变成骗子吗？让他变成无法信守承诺的人吗？

我的责任就是照顾家人，然后到时候和我们中的一个姑娘结婚。

福洛伦丝，福洛伦丝，福洛伦丝……

当她在我怀里转过身来，笑着把头靠在我的肩膀上，弄乱我的头发、亲吻我的酒窝时，我却早已心如死灰。我背叛了福洛伦丝。

福洛伦丝，福洛伦丝……

波特兰，6月3日

今天本应是我人生中最幸福的一天，但今天我却十分悲伤。

我在“无人之地”。我早就应该从这里出去，但我却没有勇气面对外面的世界。

我已不是今天上午和昨天的我了。

我是光正居都的儿子，家里六个孩子中的老大，邮政公务员，福洛伦丝的男朋友。是的，和昨天一样，我还拥有这些身份。

但与昨天不同的是，我已经是一位父亲了。

今天上午，福洛伦丝蹦蹦跳跳地从楼上下来。一看到她，我就觉得极其幸福。她什么也没说，只是走过来抱住了我。她踮起脚，在我耳边低声说道："现在我们是三个人在'无人之地'啦。"

我紧紧地抱住了她。福洛伦丝把这当成了我深爱她的表现。

但我自己清楚，这是出于恐惧。我的身体中如同困着一只狂躁的野兽，我能真切地感受到它是如何撕咬我的每一处内脏，如何啃噬我的每一寸骨头的，它还试图撕裂我的皮肤，想要钻出来逃之夭夭。福洛伦丝身上的温暖保护了我。

我当爸爸了。但我也是我父亲的儿子。

我不知道在我灵魂的天平上，他们孰轻孰重。我尝试把他们放在天平两端，但……

波特兰，6月7日

我希望我可以被泪水淹没，再也不用醒来，但我却没有那样的运气，当然我也不配拥有这样的资格。

作为惩罚，我仍然苟活于世，一生以泪忏悔。现在我知道了，没有福洛伦丝的日子，我就像坠入了无底深渊。

我对她说，我实在没有办法娶她，不过我可以帮她照顾孩子，或者如果她想要堕胎的话，我……

一巴掌打在了我脸上，我只能咽回刚要说的话。又对她说，如果她想生下孩子话，我可以给她钱，然后……

又一巴掌打在我脸上。我彻底住嘴了。

然后她泪流满面地离我而去。

黑暗笼罩着“无人之地”。寒冷、饥荒、瘟疫、天启四骑士[①]、嗜血成性的维京海盗、阿提拉[②]和他手下冷酷的匈奴士兵……我感觉到这些可怕的东西摧毁了我们的王国，那里充满了舞蹈、微笑、海滩和亲吻。所有的一切都被掳走，我们的王国被夷为平地。

绝对的黑暗和崩塌时震耳欲聋的喧嚣摧毁了“无人之地”，这个王国属于一个懦夫，这里从此失去了它的女王。

---

① 又称末日四骑士，出自《圣经新约》末篇《启示录》第六章。

② 古代亚欧大陆匈奴人的领袖和帝王，被欧洲人称为“上帝之鞭”。

第二十七章

从心所向

正如老人曾告诉过我的，我们所经历的一切都能让我们学到一个教训，得到一些信息，或者给我们某种指引。反过来，每一个发现都需要遵循某个线索。我顺着那条狭窄的山间小路走下悬崖，此时我还不知道刚刚在日记本上阅读的内容会给我带来什么样的影响，但有一点是再清楚不过的：我不会做一个懦夫。

至少这一次不会。

住进光正先生的小木屋后，我领悟到了一个道理：活在当下。我们永远也不可能知道下一秒还会不会到来。

我一边胡思乱想着，一边飞速地走下山去，小路上荆棘不断击打着我的脚踝。我大概还记得上一次我躺下休息的那个地方。

虽然不抱太大希望，但我还是决定朝那个方向仔细寻找，一直走到山谷的尽头，此处山谷位于两峰之间，这两座山峰一高一矮，海拔有所不同。埃斯梅拉达估计早就离开了这里，在这儿除了自杀者之外，最有可能出现的就只有响尾蛇了。

我不再多想，半个小时后，我沿着松树的踪迹蜿蜒曲折地从谷底向悬崖那侧仔细地寻找。

虽然没有找到埃斯梅拉达，但我仍旧怀着能找到哥哥的骨灰盒的希望。一上午我都在四处仔细地寻找，几乎一刻都没有停，直到一个东西把我绊倒在地。

我咒骂了一句，以为是个树根。抬头一看，是一根紧绷的绳子，支撑着一个帐篷。这个帐篷占据了松树下这一小块空地，周围还有篝火的灰烬和掉在地上的平底锅。

毫无疑问，我刚刚跌跌撞撞地——毫不夸张地说——闯入了埃斯梅拉达的营地。

帐篷上方的树枝上系着一方白色的手帕，像是一面白旗。埃斯梅拉达想通过此举祈望和平？或者是为了请求休战？

她可能正在帐篷里，无论如何我都不想直接喊她的名字，惊吓到她，更不会贸然地拉开帐篷把头探进去。

我觉得我有的是时间可以慢慢等待，这在几周之前绝对是难以想象的，我决定在离帐篷一米开外的一块大石头上坐下来静静等待。

我半合着双眼，深深地吸了一口气，感受松树散发出的清爽的味道。

此时，树林里各种不同的声音环绕着我。我不仅没有感到害怕，反而像是在摇篮里一样舒适，我觉得自己进入一种全神贯注的忘我状态。

空气中弥漫起埃斯梅拉达的味道。

我想这应该是由于我特别思念她才出现的幻觉，我半合着眼睛继续缓慢安静地呼吸着。直到感觉眼前的光亮突然发生变化，我慢慢睁开双眼，视线才变得清晰起来。

然后我看到了她，埃斯梅拉达就在那里，她正笑眯眯地坐在打开的帐篷里看着我。

我没有动，就在原地静静地看着她，一种奇怪的感觉涌上心头，我觉得似乎整个世界又变得有意义了。

第二十八章

你之所愿，你之所需

“我一直在等你。”埃斯梅拉达用沙哑又充满童真的声音对我说。

“这太不可思议了。我自己都不知道我会来！”

“你不知道不代表我也不知道……”她对我眨眨眼，回答道，“你知道吗，我可算得上是半个女巫呢。”

“我也不知道自己为什么会来这儿，”我尴尬地撒着谎，“好吧，或者说我知道。我想找到我哥哥的骨灰盒。它从山上掉下来，大概应该是滚落到这片地区……不过我现在开始怀疑能不能找到它了。我想它可能已经被大地吞没了吧。”

“我认为你真正想找的应该不是它吧……”她今天穿了一条带花卉图案的裙子，她抚平裙摆，继续说，“几年前我曾参加过一个周末编剧工坊。它是由一个曾在皮克斯工作室工作过的人组织的，我从工坊里学到的一条准则就是，所有故事中的主人公想要的和他真正需要的之间永远都存在着冲突。”

“这是什么意思？”

“也许只有你自己认为找到骨灰盒很重要，但对你远在天堂的哥哥来说可能根本无所谓。你真正需要的另有他物。”

“看起来，你比我更了解我自己……”我十分苦恼地回答道，“那么我真正需要的是什么呢？”

“问问森林吧，”她注意到了我的迷茫，于是补充道，“就在这儿躺下，许下你的愿望。不知道你有没有发现，这里是个神奇的地方。”

虽然我觉得她肯定精神错乱了，不过我并不想反驳她，我躺在满是松针的地上，闭上双眼。

许下愿望后的那一秒，我突然感觉到她甜蜜的身体俯在我的身上。

我难以置信地睁开了双眼。她的一绺头发拂过我的脸颊，其余披散着的则垂落在她的领口。紧身上衣随着她的每次呼吸而颤动，她不断起伏的胸膛似乎在邀请我去探索。

“这就是我需要的吗？”我极力克制自己的兴奋，问道，“你……？”

埃斯梅拉达没有回答，只是调皮地朝我笑了笑。

我张开双臂搂住了她，让她的脸靠向我。我再没有废话，吻了她。

有那么一瞬间，我觉得她柔软的嘴唇让我重燃了生活的希望，但她立马就后退着躲开了。她似乎十分惊讶，尽管是她先主动满足我的愿望的。

她将头发扎了起来，只留下一绺头发在外边。她缓缓地蜷起双腿，在我旁边坐下来，静静地看着我，似乎在审视着什么。

我浑身都紧绷起来，她像一只小猫一样趴到了我身上，贴近我的脸，直到我们之间只有一根手指的距离。

她的眼神十分狂野。

我在她的眼神中看到了交织的欲望和骄傲，也许还有爱，透出一种原始的欲望。当她碰触到我的脸的那一刻，我的思绪开始变得模糊起来。

她温柔地在我脸上四处亲吻着。我浑身瘫软，如同失去了力气一般。

当感觉到我也完全投入后，她开始更加猛烈地亲吻着我，直到再次碰触我的嘴唇。这次我打开了她的双唇，期待与她唇舌相交。

此时此刻，我们仿佛已经融化在这个吻里，整个世界似乎都停止了运转。

我紧紧搂住她的腰，不断地亲吻着她。她挺立的双峰紧紧贴着我的胸口，我们彼此之间都能听见对方心跳的声音。我感觉时间好像化成了阵阵清风，让森林中的枝条摇曳起来，拨动了树木的心弦。

第二十九章

迷失的爱情之路

“或许我们应该加深一下对彼此的了解……”当她把我推向另一侧时，我低声对她说道，“如果我并不是你想象的那样儿呢？”

埃斯梅拉达打趣地看着我，什么话也没说。

相对无言几秒后，我感觉内心好像得到了释放一样，仿佛在我身体里一块阻塞情感的大石头被搬走了，我的情感又流动了起来。我迫不及待地向她倾诉起来，如同开了闸的洪水一般讲起乔纳森和他离奇又令人心痛的死亡，我们两人在加州高速路上最后的旅行（他待在那个如今不知所踪的骨灰盒里，我开着车），我如何又一次辜负他直到再次失去他，还有关于悬崖守护者的故事，以及我把乔纳森的骨灰弄丢的过程……

最后这故事十分吸引她，或许是因为这种事儿实在太过离奇。

“无论如何我一定要找到它，”我发誓说，“可能你会认为这十分愚蠢，不过我答应过乔纳森要把他的骨灰撒在他生前选定的地方，大概离这里六十公里。”

“托尼，我一点儿都不这么觉得。但是，骨灰盒怎么会从山上掉下来呢？”

“我自己也说不清楚。我刚刚想，或许这是乔纳森死后开的一个玩笑吧，他想让我不得安生。”

“你哥哥绝对不会这样做的，”她突然用一种甜甜的声音说道，“他是爱你的，现在你承受的这些痛苦一点儿也不会让他感到开心。”

我疑惑地望着她。

“是什么让你觉得他爱我呢？”

“很难不爱上像你这样的人。”

如果不是因为我情绪十分激动，我早就紧紧地抱住她、亲吻她，然后和她做爱。但我此时却感到十分无助和脆弱。

埃斯梅拉达感受到我此时的心情，她伸出手来，搭在我的肩上，对我说道：

“托尼，我十分理解你的痛苦。我以前也常常哭泣，为了离世的母亲，毫不相识的父亲，有时也会为了失败的爱情，多年之后想起来时，令我发笑的爱情。”

说完，她看向了帐篷。当她发现我的视线的时候，她又把目光移开了。

“你竟然还曾有过失败的爱情？”我不可思议地问道。

“当然。”她的声音突然低沉下来，“我只谈过有限的几次恋爱，每段恋爱都持续了很长时间，但显而易见我的这些爱情每次都以失败告终。”

“我不明白为什么。”

“如果我的感情十分顺利，那我现在应该在家里，照顾着几个孩子，而不是像个野人一样在这人迹罕至的森林里露营。”

说完这些之后，她沉默起来，我也不再说话，只静静地陪着她。现在的她就像一只在雨中迷失的小鸟。

这个如同世外桃源般的地方似乎被一种沉重而悲伤的气氛所笼罩，需要做些什么以打破这种糟糕的感觉。

“我曾经有过一段婚姻，”我闭上眼睛回忆过去，在我现在看来，那似乎不是我而是另外一个人的生活，“我的前妻是我以前同一部门的同事。最初一切都十分美好，但不知从什么时候开始，我们两人之间似乎失去了可以维系我们婚姻关系的纽带。我哥哥为此责怪我。我真切地感受到不知道从什么时候开始好像迷失了自我。”

“你这么说是想表达什么意思呢？”

“我也不知道该怎么解释这种感觉，类似在森林里迷路了一样的感觉。比如说，当你在某个十字路口走错了路，想返回去再找到那个十字路口时，却怎么也找不到了。在那个时候，你会觉得身边所有的路看起来都一样，没有任何区别。”

埃斯梅拉达点了点头，仿佛她也有过同样的感觉。

她抱着膝盖坐在我旁边，接着询问我关于这段婚姻的事情。随着我的生意越来越好，工作几乎占据了我所有的时间，这段婚姻也变得越来越糟。

我不断回忆着很早之前的事情，一直给她讲到了我约会过的第一个女孩。

“一些女孩把我甩了，另一些则被我甩了，我的工作和生活也不断发生着变化，直到萨曼莎的出现。我原本以为她就是我命中注定的那个人，但就像我刚才对你说的，最后还是无疾而终。我可能根本就没有爱的能力。”

埃斯梅拉达揶揄地挑了挑眉毛。

讲了这么多交往过的姑娘和那个我早已不认同的男人的故事后，我感到有些厌倦，于是我轻轻地推着埃斯梅拉达在我身边躺下。

下午光线渐渐昏暗起来，我亲吻着她的双手、胳膊和脖子，右手在她臀部和两胸间的曲线上游走，最后紧紧地搂住了她。我完全控制不住自己了，我一边亲吻着她，一边解开她胸前的扣子，直到她轻柔地握住了我的双手，阻止了我的非分之举。

“嘿，心急吃不了热豆腐，一口也吃不成胖子。再说了，天色已晚，老人还在小木屋里等着你回去呢，我没说错吧？”

“你说得有道理。你想认识他吗？”我因为刚才的失态行为感到羞愧，尴尬地问道。

像我遇到埃斯梅拉达之后接连发生的情况一样，她的回答再次让我迷惑不已。

“暂时还不想。”

第三十章

最后的踪迹

卧室里虽然一片黑暗，但埃斯梅拉达的身影却一次又一次地出现在我眼前。一想到她正裹着睡袋躺在帐篷里在风中飘摇，我忽然感到一种不可抗拒的冲动，想要跑到她的身边。

虽然我们已经约好了明早再见，但这漫漫长夜就如同一片一望无际的沙漠，让人看不到尽头。

我知道自己肯定会失眠到黎明，我紧握着光正先生的日记本，就像一个落水者紧紧抓住了一块救命的木板一样，不过接下来的内容却并没有让我高兴起来。

波特兰，6 月 23 日

福洛伦丝离开了，连一句再见都没有说。

今天上午，一个红头发的实习生从楼上下来，拿给我一封没有寄件人信息，破损了一半的挂号信。

“我是新来的。”他不好意思地说道，“他们告诉我说你应该……”

“你……？福洛伦丝……？”

我没有继续说完。那种确信的感觉，让我剩下的话都卡在了喉咙里。

我从他手中夺过挂号信，连忙转身。我再也忍不住，眼泪已经夺眶而出。

福洛伦丝没有跟我道别，就这样离开了。其他任何事情对我来说都不重要了。

波特兰，7月8日

我已经迷失在那黑暗痛苦的隧道之中。

我不想思考，没有了感觉，也不想再说话。这些导致我无法再继续写下去。

波特兰，9月11日

今天，在黑暗之中的我被拉了出来，我暂时摆脱了痛苦。

午后，我还在床上继续睡着。母亲大喊着走入我的卧室，拽着我试图把我从床上拉起来。

我不得不跟着她出屋，她自顾自地喋喋不休，说她刚刚从市场采购回来，说电梯坏了，只能爬楼梯上楼。然后，2楼202房间突然……

没再多等。

我连忙三步并作两步地赶紧下了楼。

这时已经有好几个邻居在走廊里了。所有人都被吓傻了，沉默着，一动不动。虽然房门开着，但没有人敢进到那间公寓里。

我把挡在前面的人推开，走上前去。

我一下子就看到了我的朋友小罗伯蜷缩着的后背。他抬起头一动不动地盯着在他头顶上不停摇晃的双脚。

我一句话也说不出来，只能把胳膊搭在他颤抖的肩膀上。

我们两个人就这么一动不动地盯着悬在半空的那双脚。右脚还穿着鞋，左脚上的鞋却不见了，大脚趾从袜子上的破洞中露了出来。

罗伯伤心地痛哭着，我也默默地流着眼泪，忍不住一直盯着罗伯母亲袜子上的那个破洞。她就这么把自己吊在了客厅的吊灯上。

波特兰，9 月 13 日

今天我终于不再只想着福洛伦丝、我们的孩子、我的痛苦和懦弱了。

我最先想到的是在发生这场悲剧之前，我已经有多少天没跟罗伯说过话了。

我记不清了。

于是今天我下楼走到 2 楼 202 室罗伯家门口，把耳朵贴在他家的房门上，但屋子里一片寂静。

波特兰，9 月 14 日

我母亲刚说了句：“他们到了。”我就立马跑下了楼。

罗伯背了个包，还拖着一个比他还高的带轮子的行李箱。社工对他说了一些关心的话，但罗伯却没有看她。

我的这位小朋友根本不认识他的父亲，也不认识这个社工。

我叫了他一声，听到我的声音，他抬起了头，给了我一个勉强的微笑。

我走过去递给他一颗酒心巧克力（这是我们曾约定过的“过路费”）和一封信。

我在信中写道，等他长大以后，我会在“无人之地”等他来寻找我的宝箱，那是专门为他准备的。

当我听到临街的大门被关上的声音时，一种悲伤的感觉涌上心头。

我祖母以前总是说，迟到的帮助根本无助于人。

波特兰，10 月 7 日

今天同事们跟我说，我的办公室不会再装修了，因为老板砍掉了预算资金。

一瞬间，我十分高兴。也许有一天福洛伦丝会回心转意带着孩子回来认我，要是我走了，他们该不知道去哪儿找我了。

或者某天罗伯长大了之后来寻找他的宝藏。于是我像是重新上了发条一样投入工作之中，这周有好几封寄给加里·格兰特的信，还有一包瑜伽熊饼干，但都没有写明寄件人信息。

在我的办公桌和墙壁之间的缝隙里掉落了一封信，当我结束本周的工作之时，我发现了它露出的一角。不知道这封信已经掉在这儿多长时间了，我只得挪开桌子才能拿到它。但桌子实在太沉了，我先清空了桌子，把档案柜、笔记本和铅笔都放在了地上，光是这些活儿就花费了我好长一段时间。

不过我的辛苦得到了回报。我从没见过这样的东西，不论它是什么，它都拥有一种让人难以置信的美，但这种美也让人十分不安。于是我又重新打开了笔记本，记录下今天诺亚方舟中又增添的新宝物，那是一张羊皮纸，上面还画着几幅看起来年代十分久远的画。画儿上的彩色颜料已经龟裂，羊皮纸的边角也有了磨损。我多么希望能跟罗伯讲述今天的经历，多么希望能把这个东西拿给他看……

波特兰，10 月 8 日

今天我十分认真地看了那张羊皮纸……是佛经吗？它是怎么到我的这间地下办公室的？上面第一个画像有十一个脑袋，而第二个画像则有几十个胳膊，右下角还有一些奇怪的符号。我看不懂是什么意思，我需要找一个放大镜。

波特兰，10 月 13 日

这段日子以来，我在“无人之地”心绪不宁。

这是一段过渡时期：福洛伦丝的离去带走了阳光，当我以为黑暗即将把我完全笼罩之时，一张神秘的羊皮纸给我重新带来了一丝光明。就好像我的头顶上已经乌云密布，还下起了小雨，但暴风雨却尚未到来。

昨天我拿放大镜仔细查看了那张羊皮纸，但这没什么用，在那些我看不懂的文字旁边，有人手写了“六字箴言”[①]。

对我来说，这些字没有任何意义。不过我相信，对某个人来说，这些可能意味着一切。

波特兰，10 月 26 日

直到今天我才弄清楚，原来羊皮纸上那神秘的画像是观世音菩萨，在梵语中意为“慈悲向下看的神”。他是菩萨，潜心修行，一心向佛。他是大慈大悲的菩萨。

而他现在却在一封信中的羊皮纸上。这封信来自一个信箱，信封上既没有收件人也没有寄件人信息。这位寻找光明，并为他人带去光明的菩萨，一路辗转最终来到了“无人之地”。

为什么这样一位苦行僧、哲学家和圣人会最终迷失在这里呢？

① 原文为 om mani padme hum，来自梵文，汉语根据读音译为“唵嘛呢叭咪吽”，佛教咒语，又称六字大明咒、观世音菩萨心咒。

观世音菩萨和我，迷失在昏暗之中，陷入了荒谬的时间之轮。

为什么？

波特兰，10 月 29 日

如果我把这些讲给福洛伦丝听，她肯定会相信我的，这一点我很确信。但是我却做不到。

福洛伦丝虽然离开了，但我觉得她似乎还陪伴在我身边，我们占据着同样的空间，也呼吸着同样的空气。

我会告诉福洛伦丝，观世音菩萨一直陪伴着我。他既不在字母 B 打头的文件堆里，也不在我的宝箱里，而是在我的办公桌上。

每当我迷失在成堆的信件之中时，我都会望向他。他就在那里，不悲不喜，十一个头颅一动也不动。他就在那里，不悲不喜，几十个手臂一动也不动。每当我感觉头晕之时，我就会跑到桌边，把手放在羊皮纸上，他就在这里，紧握着我的手。

他的慈悲之心温暖了我的内心。

波特兰，11 月 9 日

我是一个被放逐的人，是一个罪犯，是一个……

今天下午快要下班时，我把羊皮纸藏到钱包里，带出了办公室。

这不是偷窃，而只是暂时借用一下。我想知道它是什么，到底有什么意义……

地铁站旁有一家古董店，明天我请了假，准备把这张羊皮纸带过去。

我想知道佛祖到底想通过这个神奇的存在告诉我什么。我知道它给我带来了信息，只不过现在我还不甚明白其中的含义。

波特兰，11月11日

我原以为昨天是非常普通的一天，实际上昨天对我来说却是一个非常重要的日子。这种事情经常发生。

早上八点，在去古董店之前，我喝了杯咖啡。观音被放在了桌上。我现在终于知道，在日本，观世音菩萨被称作观音，发音为“康哝”。“这幅羊皮纸画是由一位日本艺术家创作的版画，还算有一定的收藏价值。”古董店老板对我说。

对我来说，它的意义非凡、价值连城。

我母亲走进了厨房。这段时间以来她几乎都不怎么跟我说话，好似跟我有什么深仇大恨一样，仿佛就算我赔上自己的这条性命，都无法弥补她分娩时，我给她带来的痛苦。

她目不转睛地盯着那张羊皮纸画，然后就闭上了眼睛。

观音悄声说。

观音轻声叹。

观音低声泣。

观音对我道。

观音张嘴笑。

通过这五个观音，我好似看到了母亲和她的家庭。

母亲突然把手放在了我的肩膀上，这吓了我一跳。母亲已经有多久没有碰触过我了？接下来更神奇的事情发生了。

几分钟时间，母亲反复默念着一句话：“唵嘛呢叭咪吽。”我相信我母亲肯定知道这句话的含义。观音，大慈大悲的菩萨，他救苦救难普度众生。这就是为什么他有那么多头颅，这样就可以倾听所有人的祈祷。这就是为什么他有那么多双手臂，这样才能帮助所有人。

我也希望像观音一样，帮助世间众生减少痛苦，但是应该怎么做呢？从哪儿开始呢？世上有那么多苦难……

波特兰，11 月 13 日

在“无人之地”，我日复一日地重复着同样的工作，我被禁锢在如山似海的文件、邮票和信件之中。

我的二妹最近刚生了孩子，三妹马上要举行婚礼，四妹则决定搬去芝加哥生活。

与此同时，母亲被诊断出患了肺炎。

这些构成了我生活的全部。除非福洛伦丝能够重新回到我身边，否则再也没有继续写下去的意义了。

大慈大悲的观世音菩萨，请怜悯我。

这段文字之后，剩下的就只有一页页的空白了。福洛伦丝之后再也没有回来过吗？罗伯后来也没有找到“无人之地”吗？光正先生，一位在地下室勤勤恳恳工作了四十五年的邮政公务员，在退休后销毁了他收藏的所有宝贝了吗？光正先生忘却了他人生中目睹的第一起自杀案和死者那只没有穿鞋摇晃的脚了吗？

我对那些不可能出现的答案十分渴望，于是不耐烦地往后翻去。但是，日记本里只有一页又一页的空白。当我正要生气地扔掉日记本时，突然在最后几页发现了一些文字。

唵：皈依修行

嘛：戒嗔忍耐

呢：去贪守纪

叭：忌愚寻智

咪：勿吝慷慨

吽：除傲爱人

大慈大悲的观世音菩萨，请怜悯我。

我已得到救赎，我怜悯那些手无寸铁受伤无助的人，现在我们一起修行走上皈依之路，过去的人们也曾走在这条皈依之路上，未来人们也会在这条路上不断前行。

再往后是重复写了几十遍的一句话：

智慧和慈悲是分不开的。

最后一页还写着一句话：

波特兰，春日的某一天，

唵嘛呢叭咪吽。

第三十一章

心之归途

黎明时分，我没有向老人透露我今天去往山谷的真实目的，带着半打饼干和装满热茶的保温壶离开了小木屋。

在去找埃斯梅拉达的路上，我一直在想小木屋里的食物储备能撑到什么时候，或许我自己应该再回到城里去给老人多买些东西。

这让我突然想起了我的老福特扎了胎，还一直停在山坡上，每天都在经受着风吹日晒。

如果我真想去采购，首先最要紧的是叫个拖车来把我的老福特拖到修理厂修好。但在这之前，我还得先给手机充上电，开机连上信号才行。不过，自从我踏上这段奇妙的旅程之后，我几乎再也没碰过手机了。

直到我看到埃斯梅拉达，她就像一个仙女一样坐在帐篷旁边，刚才我脑海中所有的那些想法和问题瞬间就都烟消云散了。

我悄悄地靠近她，默默地欣赏她，直到她察觉出来。

她正在整理着解忧娃娃，看到我来后，脸上立刻绽放出灿烂的笑容，伸出手接过了我递给她的一杯茶。

我一边喝着茶，一边想着一个人可能慢慢地就会习惯了这样的生活，不问原因也不求解释，随时随地接受生活带来的美好。

我们坐在松树之下，周围安静得有一种近乎宗教仪式般的氛围。

“你知道我在这片树林里最想念的是什么吗？”埃斯梅拉达一脸向往地望着我说道，“是墨西哥玉米饼。此时此刻要是有人把它端到我面前，我立马就能吃下去好几个！”

“可我却更喜欢吃了你，”我偷亲了她一下，夺走了她今天的第一个吻，对她说道，“你还记得之前你跟我讲到过的玉米女神吗？就是那位创造了解忧娃娃的神。”

她点了点头，兴致盎然地听着我的讲述。

“我可是从小吃着这位女神代表的玉米长大的。”

埃斯梅拉达睁大了她美丽的双眼吃惊地看着我，我十分享受，接着说道：

“我是墨裔美国人。虽然我生在美国，但我的父母经常提醒我，要饮水思源，不忘根本。”

不知不觉中我开启了一段畅想之旅，我带着埃斯梅拉达好像回到了我从小居住的社区和我家，一个刷着蓝色外墙的小屋，我们的社区像一个小小的地球村，聚居着墨西哥人、萨尔瓦多人和洪都拉斯人……这些人虽然已有了美国身份，但是还无法融入美国社会中。这些家庭的孩子们则游走在这两个世界之间：一个是我们在电视上看到的和在公立学校里体验到的世界，另一个则是每年 11 月 1 日当天举办家庭聚会和布置祭坛的世界[①]。

“每天我到家时，最先迎接我的总是瓜达卢佩圣母[②]。”我补充道，“唯一听的音乐只有兰切拉调和科里多调的歌曲。我奶奶只跟我们说西班牙语。我妈妈常说：‘算了吧，别管她了，英语她肯定是学不会了。’然而，有一天，一些其他社区的男孩儿一路尾随我，企图抢走我的滑板。奶奶在厨房里看见后，立马挥舞着扫帚走了出来，用英语对那些人破口大骂，把我惊得连下巴都要掉下来了。”

“你不是说你奶奶不会讲英语吗？”

“我也是这么问她的，结果你猜她怎么说？她愤愤不平地回答我说：‘我一直拒绝说英语，是我不想说，而不是我不会说，如果你把这事儿告诉你妈妈，我就揍你。’我这才知道，原来她整天在家看电视剧《朱门恩怨》，她就这样学会了英语！但从此之后我再也没有听她讲过英语了。

---

① 亡灵节类似于中国的中元节，家人和朋友团聚在一起，为亡者祈福。在墨西哥，亡灵节是一个重要的节日。庆祝活动时间为 11 月 1 日和 2 日，传统的纪念方式为搭建私人祭坛，摆放有糖骷髅、万寿菊和逝者生前喜爱的食物，并携带这些物品前往墓地祭奠逝者。

② 墨西哥人信仰的天主教圣母。

“我父亲总是充满自豪地说，我母亲是米却肯州[①]最好的厨师。为了贴补家用，她每天在家制作邻居们订购的玉米饼。我记得她在大理石餐台上有节奏地摔打着面团的情景。她结实的双腿牢牢地站在地板上，脊背微曲，手臂上下翻动，手指消失在玉米粉中，这些画面至今依然历历在目。这才是真正的艺术。她就像一个女神，统治着我们这个小小的世界：我的兄弟姐妹们、我父亲、我祖母、我的几个单身的叔父，还有那些总是来我们家向她征求建议的邻居们。

“每当我们互相追逐嬉戏地跑进厨房打闹或是坐在厨房里安静地写作业时，总能听到母亲哼着小曲。”

玉米的清香把她与我从来都没有见过的那种美景联系在一起，她不忘根本的那种坚定的信念让我着迷。除了我和乔纳森，我所有的兄弟姐妹和侄子们……都还住在那个社区，每周日他们都聚在一起，谈论着足球、已故的家人或朋友……在这方面我们两个人是一致的：我们不愿意一直被困在主流社会的边缘，我们渴望认识和融入外面未知的世界。正是这个原因，我和那些仍然健在的亲戚们几乎断了来往，我并不属于那个封闭的小世界。

埃斯梅拉达的眼中闪过一丝悲伤，这是我一次看到她流露出这样的神情，我沉默下来。

“你的内心是不完整的。”她严肃地回答，“正因为我是旁观者，所以我反而看得很清楚，你的内心的某些部分留在了

① 墨西哥的一个州，地处南部太平洋沿岸。

那个厨房。如果不去找回它们，你将永远也不会幸福。”

我模仿着老人的样子，给埃斯梅拉达续上了茶，我则拿着保温壶直接喝了起来。

“解忧娃娃女孩，当你离开后，你也会带走我内心的一部分。我这一生都在失去中度过！”我悲伤地想。

她好似读懂了我的想法，于是伸出手，放在我的胸口。一股暖意瞬间温暖了我，我心跳得也更快了。

我把她拉到我身边，轻轻地吻着她的头发、前额、眼睑，她没有拒绝，任由我雨点般的吻落在她的脸上。

我紧紧地抱着她，让她的头靠在我胸前。我想让她听见我的心跳声，虽然那是颗伤痕累累的心，但现在它比近几年以来任何时候都跳动得更加有力。

“如果我有一个和你一样的家庭，我不会独自一人带着哥哥的骨灰四处流浪。”她轻声地说道。

我温柔地抬起她的头，让我们面对面，想了解更多关于她的故事。

“母亲独自一人抚养我长大。所有人都说她非常漂亮，是一个了不起的女人。小时候，我曾无数次问过她，但她从来没有提起过那个让她怀孕后来又抛弃她的男人。我只知道，直到生命的最后一刻，她仍然还深爱着他。”

爱情这件事儿是不是既奇怪而又不公平？

埃斯梅拉达低着头，仿佛那段痛苦回忆过于沉重，压得她抬不起头来。

我抬起她的下巴，热烈地亲吻着她。她杏仁般的双眼立刻又泛起了光芒，接着讲起了她的故事。

“我和母亲有本质上的区别，至少在对待爱情上是这样的。她在爱上了那个成为我父亲的男人之后，再也无法爱上其他任何人。而我则恰恰相反，我经历过好几段爱情的赌局，结果每次都输得彻彻底底。每一次感情失败后，我都会回到母亲身边，她可以帮助我修复破碎的内心。一想到以后我再也不可能回去找她，我就觉得难以忍受。”她重重地叹了口气，“现在我孤身一人，只有解忧娃娃能分担我的痛苦了。”

“你这话说得可不对。”我说道，“我愿意倾听你所有的痛苦和你所有的快乐。”

她哀戚地朝我笑了笑，然后回答了一句让我十分惊喜的话：

“我希望有机会能尝尝你们家的玉米饼。”

第三十二章

活下去的三个理由

那天下午回到小木屋后，当我还在回味近期我所有的奇妙经历时，我的视线再次被光正先生小木屋里的一件物品所吸引。直到现在，我都还没有跟光正先生提起过埃斯梅拉达。

“这半颗银色心形吊坠是从哪儿来的？”

光正先生正在看艾伦·瓦兹[①]的自传《走自己的路》，他抬起瘦削的脸庞，望了眼挂在壁炉上的那个项链。它正反射着夕阳最后的一抹金色余晖。

“它来自一个不在需要它的人，因为她已经学会遵从自己的本心去生活。”

看到了这个项链，光正先生一时间似乎被唤起了无数回忆，他沉默了几秒后，说道：“我想我们需要喝杯茶。”

① 英国哲学家。

我立马跳起来，点燃了炉子。从光正先生的表情不难判断出，在这个黄昏时分，一个新的故事呼之欲出。

当我把赤陶茶壶和两杯茶摆在桌上时，光正先生正在把玩着那个项链。

“虽然阿尔玛有一个美丽动人的名字，但她却着实是一个可怜的姑娘。虽然只有十八岁，但她耸肩的样子、沉重的步伐，还有她讲话用的词……一切都带着一种莫名的对过去的怀念。”

“她为什么那么奇怪呢？”

老人皱起眉头，皱巴巴的手指连续敲击桌面。

“通常来说，怀旧一般都是回想过往幸福的时光，但阿尔玛却非比寻常。她怀念的总是一些从来没有发生过的事情，总是想念那些根本不存在的人。”

“小年轻的爱情总是这么不靠谱。”我立马就下了定论。

“年龄很重要吗？”光正先生亲昵地斥责着我，“阿尔玛第一段爱情让她遍体鳞伤。你还记得你的初恋吗？”

我点了点头。我初恋的姑娘是和我住在同一条街上的邻居，她在她父亲的杂货铺里帮忙。每次我去店里，除了说出我买东西的请求，我连跟她多说一句话的勇气都没有。不过从十二到十四岁的那段时光里，我几乎每个夜晚都会梦见她。

我一直把童年这段纯真的爱恋埋藏心底。现在我想听听阿尔玛的故事。

“她大学里攻读的是电影专业。结果她深深地爱上了教授实践课的年轻老师。”老人说道，“我在她期末考试之前遇见了她，她当时决定不去参加这场考试。”

“是因为不好意思吗？”

“爱情……你懂的。我记得有一个叫卡尔的人曾说过，坠入爱河就是以夸大的方式突显你爱的人同其他人的区别。后来我再见到她时，无精打采的阿尔玛对我说，她已经不想继续再活下去了，不管考试通过与否，往后的生活对她来说都没有什么意义了。值得一提的是，后来这次相遇我并不是在悬崖附近见到的阿尔玛。”

“是吗？”我惊讶地问道，“那你是在哪儿遇见她的呀？”

“在拉克菲尔德外的森林里。我刚刚采购完，准备上山回小木屋时，我发现她正躺在路边一堆枯树叶上。那时我还有车，视力也不错，可以自己一个人去镇上买东西。”他十分悲伤地指出了这一点，“现在我只能依赖他人的帮助。”

“等我修好车，我给你当司机和跑腿的。”我承诺道，“不过别停下来，告诉我阿尔玛在那儿做什么呢？”

“那时她已经在镇上的旅馆住了下来。我问她过得好不好，她回答说：‘这取决于你对好的理解。’于是我把车停了下来，想跟她聊一会儿。我觉得她身上有一种迷人的忧伤。当她得知我就住在悬崖上时，她深受感动，第二天就来拜访了我。她每次来的时候都会带她的小相机，然后花上一天时间拍摄山石间的阴影。”

“她可真是个古怪的艺术家。”

“倒不如说是个天才。”老人纠正我道，“你真应该亲眼看看那些照片，每张照片里的阴影都像是一张独特面孔，表达着特定的情绪。你读过克莱夫·刘易斯的《卿卿如晤》这本书吗？”

“没有。”我有些尴尬地承认道。

“你真应该读读。写这本书时作者刚刚丧妻，悲痛之余决定开始写作，详细记录下自己的感受。再说回阿尔玛吧，她所拍摄的那些阴影就是自己的影子，像是掉入陷阱中不断嚎叫的怪兽。”

我充满疑惑地望着老人，他停了下来，喝了口茶。

“她落入了那个年轻教师编织的情网中，这位年轻的老师刚刚开办了摄影工坊。阿尔玛情窦初开，是简·奥斯汀的忠实读者，年轻的教师一眼就捕捉到了这个没有任何防备的女学生。他是个天生的狩猎者，以征服而闻名，但阿尔玛却对此毫不知情。一个腼腆又充满浪漫情怀的花季少女，是他集邮般的猎艳中缺少的那一类。”

每次摄影课后，他都会邀请阿尔玛多留一会儿。一开始的借口是希望阿尔玛留下来详细地品评他的作品。很快就变成阿尔玛在下课后慢慢地收拾书包迟迟不愿离去，想要留下来单独和老师待在一起。从那时开始，男老师的猎艳计划进展得更快了。

一个月后，在冲洗胶片的暗室中，男老师第一次亲吻阿尔玛。接下来的每一个下午，如果没有其他预约的话，捕猎者在这个地方给她展示自己最好的作品。黑暗中，他第一次摸了她的乳房，还把她害羞的手放入他的裤子里，抚摸他的身体。

阿尔玛深爱着他，但也十分害怕。她从未跟任何一个男生做过这样的事情，更不用说跟一个年龄比自己大一倍的男人。尽管男老师想要和她做爱，但是阿尔玛还是拒绝了。

俩人一直处于这样的胶着状态，直到元旦假期的来临。男老师在课堂上的表现和暗室里的形成鲜明对比，课堂上他总是对她疏远冷淡，但课后在冲洗胶片的暗室里，他却总是热情似火地表达着爱意，企图冲破阿尔玛的心理防线。就这样，时间来到了二月初。

春天来临之际，阿尔玛最终还是妥协了。男老师终于在一张桌子上得偿所愿，那时她感受到的痛苦远远大于快乐。成功征服了阿尔玛后，男老师告诉她不要向任何人提起此事，否则他会因为跟学生发生不正当男女关系而被学校解聘。他竟然能对一个大一新生说出这样的话。

阿尔玛同意了，因为她深深地爱上了男老师，或者更准确地说，她迷失自我了。作为言情小说的忠实读者，她一直觉得自己也能拥有女主角光环：腼腆羞涩的少女俘获了风流无耻的男老师，用爱让他实现了自我救赎，从此他们过上了幸福的生活。为了实现这个梦想，阿尔玛在显影罐和定影液旁失去了她的贞操。但实际上她所失去的远不止于此。除了贞操之外，仅仅一周之后，她最终还失去了自信和继续活下去的勇气。

“后来发生了什么？”

“阿尔玛和她的秘密情人约好在学校外的一家咖啡馆门口见面，那里离学校有五个街区，但她的情人却迟迟没有出现。阿尔玛以为他正忙着批改学生的作业，所以才会迟到。于是她就去了办公室，也没有找到他。她问大楼管理员是否看见过男老师，那人说看到他进了冲洗胶片的暗室。”光正先生喝光了杯子里的茶，把茶杯重重地放在桌上，“阿尔玛的头脑中出现一道闪光，在打开暗室的房门之前，她似乎就知道在里面会看到什么。”

我同样也猜到了那个场景，但我不想在故事的最后打断光正先生。

“在那张让阿尔玛失去贞操的桌子上，那位男老师脱了裤子与阿尔玛同班的一位女同学纠缠在一起。”

“这已经足以让阿尔玛明白了这个所谓的老师实际上就是个衣冠禽兽。”我愤怒地说道，“她可以向学校检举他的行为。”

“唉，托尼，你不知道爱情是盲目和不可救药的吗？相反，阿尔玛还爱着男老师，并计划进行一场通过毁灭自我而报复那个男人的行动。”

昏暗的客厅突然陷入了安静，气氛十分沉重。光正先生点开一盏太阳能台灯，继续说道：

“虽然已经过了截止时间，但阿尔玛还是决定拍摄一组毕业作品，以此缓解心中的痛苦。她原计划拍摄森林中的景色，但当她看到这处悬崖峭壁、怪石嶙峋的景色后，她改变了主意。她想在这里拍摄一百张影子，每一张照片都是她饱受折磨的灵魂的写照，然后她就会在这个地方结束自己的生命。她说，最后她会给自己拍一张肖像，用三脚架自动拍摄。在绝笔信中，她竟然还写到要把所有这些作品交给那个没有灵魂的人，让他来品评。”

“她真是拥有一个至死都浪漫的灵魂。”如果不是因为这个故事后果的严重性，我差点儿都要笑了出来，“她甚至还有一种胜利者的心态。”

“远远超乎你的想象。”光正先生低声说，用手撑着光秃秃的脑袋，仿佛一天的痛苦压得他喘不过气来，“她曾经在集市上买过一件银制心形吊坠，这个心形的吊坠可以一分为二，她在上面分别刻上了她和男老师的名字。在男老师得偿所愿的那个下午，阿尔玛把刻有她名字的那一半儿亲手交给了男老师，而阿尔玛则一直保留另外一半儿。”

我冒昧地拿起那半颗吊坠，因为重量很轻，我觉得它应该不是纯银的，看起来更像是镍白铜制成的。看到用小刀刮掉的那个名字，我不由得对这个可怜的姑娘心生怜悯。

她后来怎么样了呢？老人又是如何化解她那悲惨的复仇计划的呢？不用我多问，老人就已经开始给我解惑了。

“阿尔玛是一个聪明但却过于热衷幻想的女孩，用一个理由根本没办法说服她。”光正先生解释说，“所以为了让她不要做傻事，我对她讲了三个理由。”

“我也想知道这三个理由。”我恳求道。

“第一，这个所有人都应该知道，但有时我们却会忘记。我告诉她，你的生命并不只属于你一个人，同样也属于所有爱你的人。当你要放弃自己的生命来引起那个无耻之徒的注意时，你同时也摧毁了那些无辜的爱着你的人的生活，比如你的父母。对于我的说辞，她只接受了一半儿，她回答道她并没有主动要求来到这个世界上。因此，她也可以随时离去。”

“你还对她说了什么？”

“我对她说的第二条是，半颗心就像半个橙子一样，这都是谎言。没有谁非得需要另一半才能使自己变得完整，更不用说像阿尔玛这样的艺术家。上帝可不需要他人的陪伴才能创造出这个世界。”

“她肯定更喜欢这个理由，那第三条呢？”

“从某种程度上来说，这一条是前一条的延伸。我引用了马可·奥勒留的一句名言：‘为自己复仇的最佳办法，就是不要变成像对你作恶的那个人一样’。我又补充说道：‘你选择在拍摄毕业作品时舍弃自己的生命，你的这种复仇方式实在太过荒谬和矫揉造作，就像那个男老师在哄骗你时所说的花言巧语一样。为什么你不拿着这些作品举办一个摄影展呢？我认识一家画廊咖啡馆，就在附近的城市，那里可以为你提供举办摄影展的场地。如果你觉得自己饱受摧残，最好的办法是创造，而不是毁灭。’”

第三十三章

森林的风

黎明时分，天光大亮。我兴高采烈地往悬崖下的山谷走去，想着老人为了将阿尔玛从困境中解救出来，说的那些劝阻阿尔玛的话。

昨天晚上，光正先天的第三个理由让我不禁想起了《少年时代》这部电影。电影讲述了一个男孩克服成长过程中的种种烦恼，逐渐长大成人的故事。

就像阿尔玛一样，男孩也在初恋身上栽了个大跟头，导致这位前途光明的大学生，对生活感到绝望。当他告诉父亲他被初恋抛弃了并感到痛不欲生时，他父亲给了他两条建议：你为那个不值得的女孩儿哭泣的每一分钟都是在浪费生命；当你开始做有意义的事情后，女孩自然会找上门来。第二条建议，特别是在现在，完全引起了我的共鸣。最近这段时间，我切断和外界的一切联系，把我的老福特弃置不用，每天听老人讲述故事，除了这些，可以说我确实没有做过什么真正有意义的事情。

或许我做过的最有意义的事情就是去探望埃斯梅拉达。但她最终也会离开，而我也只会空手而归，更不会有人上门来找我。

我发现今天早上埃斯梅拉达比前几天更加冷漠和紧张，她在用锤子连续敲击着一个固定帐篷的地钉，看来她也有自己悲伤烦恼的事情。

“发生什么事了吗？”

“你为什么这么问？”她十分防备地问道。

我十分惊讶地看着她。

“啊，没什么，就是觉得你好像要把帐篷重新装一遍似的。”

我意识到现在的气氛十分诡异，我闭上了嘴。万一是她准备不辞而别，但又在最后一刻反悔了呢？

“啊，是这样的！早上我去小溪边洗漱回来后，发现大风把帐篷的一角刮了起来。”

“没有。”

这次轮到她惊讶地望着我了。

“没有？没有什么呀？”

“没有刮风。”我认真地说道，“天一亮我就醒了，然后我出去在悬崖边散步，一早上都没有刮过风。”

她一时有些语塞。

“好吧，也许风只吹过了这片森林吧。”她缓缓地补充道。

我已经是一个成熟的男人了，深知男女之间这样的争论往往都没有什么好结果。这么多年来我第一次像现在这样幸福。为什么要因为这点儿风而破坏这种感觉呢？如果她决定要走，而之后又改变了主意，又能怎么样呢？

我最亲爱的埃斯梅拉达就在那里，她穿着一条破牛仔裤和一件长长的红色毛衣，映衬着她美丽的面庞更加楚楚动人。

于是我露出了一个大大的带着宽慰的微笑，静静地靠近她。

她感受到了我的亲昵，也向我靠了过来。

几秒钟后，我们紧紧地抱在了一起。埃斯梅拉达的双腿缠在我身上，我们一起顺势倒下，滚到了落叶上。我一遍又一遍热烈地亲吻着她，直到我们几乎喘不过气来。

我们牵着手肩并肩躺在地上，好让自己能重新呼吸新鲜空气。

静静地看着头顶的云彩，过了半晌我才感到激烈的心跳慢慢平复了下来。

太阳普照大地，一缕缕阳光透过树叶间的缝隙洒下了斑驳的光影，趁此机会，我开始向埃斯梅拉达详细地讲述悬崖守护者和他的故事。我一边讲着，一边慢慢地感觉到，老人和埃斯梅拉达一样，他们用各自不同的方式，成功让我远离了外面喧嚣的世界。

此时在我的脑海中，在我的心里，只剩下这片森林，那个悬崖，埃斯梅拉达的笑容，光正先生的回忆，以及所有那些来到这里准备跳下悬崖的灵魂。但对我来说这里已经变成了世界上最美丽的地方。

那些企图自杀的人的名字和他们所经受的苦难接二连三地从我的嘴里冒了出来：从深陷恐惧的年轻人到具有奋斗精神的罗斯，从失去了所有的赌徒到失去了记忆的艺术家。

埃斯梅拉达十分虔诚地静静地听着我讲述着他们的故事。

我感觉自己身上变得越来越轻松。直到把所有故事都讲完后，我沉默了下来。

几声鸟鸣把我们从共同的回忆中拉回到现实。我自己也不知道为什么，这时我突然问了她一句：

“你能帮我一起找我哥哥吗？”

“也许到最后是你的哥哥找到了你。”她抚摸着我的脸，神秘地答道。

正午的阳光十分耀眼，我瞥了眼埃斯梅拉达，发现她为了让自己更舒适，解开了牛仔裤的扣子。于是我趁机，缓缓地抚摸着她小腹上光滑的肌肤。

看到她并没有不适和反感，我便冒险更进一步，将手向下伸去直到找到了那片茂密的丛林。正如我所预料的，埃斯梅拉达并不是那种喜欢将这里剃光的女孩儿。

当我正准备穿越丛林向那宝藏般的禁地进行最终探险之时，她温柔地将我的手带出了那隐秘之地。

“现在还不行……”她在我耳边低声说道。

此时刚好刮起了一阵微风，我羞愧地闭上了眼睛，试图在微风抚慰下放松下来。我在心里暗暗对自己说道，也许这片森林真的有风刮过。

第三十四章

黎明的女孩儿

自从我来到悬崖守护者神殿，昨夜我第一次躺到床上就进入了梦乡。我感到无尽的疲惫，要不是光正先生的叫喊声把我吵醒，我本可以一觉好眠睡到早上。

“托尼！托尼！”

我被惊醒，十分困惑地从床上起来，发现外面仍是一片昏暗。看了眼墙上的旧钟，现在才凌晨五点半。这么早能有什么事?

清晨的第一缕阳光刺破云层，渐渐显露了出来。我透过窗户，望向黎明前那一片灰蒙蒙的世界。

光正先生在我的房间门口焦急地等待着。

“快点儿！别浪费时间了。你得快点儿跑出去看看。她马上要……现在不是我，而是你……”

出去？她？这都说的是些什么呀?

光正先生把我推出房间，我匆匆穿好衣服，向祖先祈祷着，希望光正先生能收回刚刚对我说的那句话：

“自杀者一般都喜欢在黎明时跳崖。”

当我在餐厅扣好裤子时，我不禁不寒而栗。

“我刚才出去巡逻时发现了她。”

“发现了谁？”我惊慌地问道。

“一个女孩儿，她就站在那块红色岩石旁边。我毫不怀疑……她肯定要做傻事儿！”

我一脸疑惑不解地望着他。

“那为什么你不去阻止她呢？”

“我也不知道自己怎么了，双腿就是疼得不得了，头晕目眩。你能跑得动，肯定能及时赶过去！”

我听从了他的指示，不再多问，立马跑出去，我跑得飞快，就像是用生命在奔跑一样。

当我越过一块又一块岩石、翻过一处又一处峭壁时，我想自己是不是也有义务邀请那个人来木屋喝杯茶。

离得还很远时，我已经能隐约望见一个人影。我加快了脚步往那边跑去。

女孩儿背对着我，向悬崖之下的深渊望去，她还没有跳下去，这一点儿都不让我吃惊。此时旭日东升，绽放出橙色的光芒，将整个世界都笼罩在一片温暖之中，应该没有人想在此时此刻选择自杀吧。至少我自己就是这么想的。我从后面慢慢地靠近她。

我按照老人的方式，靠近时没有发出任何声响，以免惊吓到她。

但只是几秒钟的工夫过后，受惊吓的人就变成了我自己。

我紧紧地抓住她的胳膊，她轻轻地转过身来，这时我瞬间怔住了。我张了张嘴，好几秒的时间我发不出任何声音，说不出任何一句话。

“埃斯梅拉达。”我最终低声说道，“你在这儿做什么呢？”

“我来这儿看看你们所说的悬崖。”她很自然地回答说，“我就是突然特别好奇想来看看。我吓到你了吗？”

“完全没有。”我说着谎，紧紧地搂住了她。

她微微颤抖着。此时山上温度很低，埃斯梅拉达只穿着一件薄外套，围了一条橘色的围巾，颜色十分明亮，跟初升的太阳一样。

我亲了一下她的脸颊。真让人无法相信，让我生活发生翻天覆地变化的两个世界此时竟然神奇地相遇了。

“你刚刚在睡觉吗？”她在我耳边轻声呢喃着，似乎不愿打破现在美好的气氛，这是我们第一次一起欣赏黎明日出的美景。

我点了点头。

“你说的那位老人也在睡觉吗？我想去拜访他。昨天听你讲了那么多故事，让我对他充满了好奇……”

我情不自禁地脱口而出光正先生经常挂在嘴边充满魔力的话：

“你愿意陪我喝杯茶吗？”

第三十五章

总有人得做这件事

光正先生躺在他卧室门外的地上一动不动，好像在进房间前被人打倒了一样。

“他没有死。”埃斯梅拉达在老人身边蹲下，摸了摸他的脉搏后说道，我这才放了心，“虽然他还有心跳，不过已经十分微弱了，我们得赶紧带他去看医生。”

“拜托……拜托你们别送我去医院。”

光正先生的声音十分微弱，但我还是听懂了他在说什么。

“把我扶上床吧。我只是有点儿头晕。”

“让我来吧，”我对埃斯梅拉达说道，“我一个人能行。”

当我抱起光正先生时，惊讶地发现他实在是太轻了。我好像在抱着一个失去了力气的小孩儿一样。

埃斯梅拉达忽然紧张起来，她颤抖着双手掀开了被子，我把老人放在床上后，她马上就给老人盖上了。

光正先生挥了挥手，好让我们不用担心他的身体。但正当我们关上门准备出屋时，我却听到他说：

“总有人得做这件事。”

接下来的几个小时我们十分慌乱。在这间小小的木屋里埃斯梅拉达看起来似乎不太舒服，就像一个自由自在的灵魂被禁锢在一个封闭的空间里一样。

我加热了一份橱柜里的肉汤，并在里面加了些洋葱和面包。但我把汤拿给老人的时候，他却连一口都不想喝。

他正被高烧折磨着，语无伦次地说着些胡话，在床上难受地翻来覆去，似乎坠入了一个荒诞的世界。即使如此，他脸上露出的也不是痛苦的表情，而是一种高兴的表情。虽然不知道为什么，但他却笑着说个不停。

“如果我们不赶紧去找个医生，他肯定会不久于人世的。”我对埃斯梅拉达说道，越来越担心老人的身体状况。

“这里实在是太偏僻了，而且我们还没有任何交通工具，当我们赶到外面的文明世界时，老人可能早就离世了。”她用一种出奇的冷漠语气说道，“你快去巡视吧，我留下来照顾老人。”

犹豫了片刻后，我喃喃地说道：

“如果我能找到医生，我一定把他送往医院尽力救治，让他在医院里体面地结束自己的一生。光正先生是一位伟大的讲述者，我实在不忍心让他就这样死去。”

埃斯梅拉达眼中充满了泪水，点了点头。她对老人展现出的同情和怜悯让我从心底感动，老人对她来说是一个认识还不到一个小时的陌生人。

“别忘了老人刚刚说的……”她艰难地补充道，“总有人得做这件事儿。”

无须多问，我也能够明白老人这话的含义。

不再多说，我拿起外套离开了小木屋，扮演起悬崖守护者的角色，在必要时向他人伸出最后时刻的那只手。

那个早上美好又温暖。我在路上碰到了一家人，他们正在看导航，试图弄清自己的具体位置，我跟他们随意地打了招呼。后来我又碰到一群徒步旅行者，他们正在为悬崖拍照。这群人带着登山杖、穿着登山靴，但此地的山路并不崎岖难行，他们的装备着实有些夸张。

这是我第一次充当守护者的角色，我沿着悬崖一路巡视，我不由得开始想象着光正先生最初在这里巡视是什么样子呢？他也会像我一样吗？只要想到可能会遇到某个绝望的灵魂，就紧张到胃里开始抽搐吗？

他是什么时候开始邀请这些人来小木屋喝茶的呢？当初他可不像我一样有一个老师可以教他，他是怎么忍受那日复一日、年复一年的寂寞的呢？

在这些疑惑以及对自己过往人生的回顾之中，几个小时的时间就这样过去了。

我在晌午时回到了小木屋，吃点儿东西，也为了看看老人的状况有没有好转。埃斯梅拉达坐在窗边看书，表情十分哀伤。

我继续踏上巡视之旅，对悬崖边的任何风吹草动都不放过，直到夕阳西下之时。

黄昏时分，我确信不会再有什么人上山来了——就算要自杀起码也得有光线才行——于是我返回了小木屋。

虽然下午巡视的时间并没有多长，但当我踏入小木屋后，我觉得我仿佛已经度过了整个一生。

小木屋没有任何变化，但一切似乎又都不同了。小木屋里迎接我的安静像极了一种不祥的征兆。

埃斯梅拉达在昏暗的小木屋里等着我，她坐在桌边凝视着窗外。我隐约看见有泪水从她脸颊上滑落。

我不敢开灯。

黑暗笼罩着房间里的每一处角落。只有在黑暗完全消失之后，我才鼓起勇气小声地问她，发生了什么。

埃斯梅拉达缓缓地站起身来，就像电影里的慢动作一样。她走到我身边，但丝毫没有要碰我的意思。

“跟我来。”她用颤抖的声音说道，这声音深深地刺痛了我的心。

她小心翼翼地打开了光正先生卧室的房门，卧室里点着几根蜡烛。

我本以为老人已经去世了，但当我看到他的胸口还在上下起伏时，我瞬间松了口气。他就像筋疲力尽了一样安静地睡着了。

但我发现埃斯梅拉达想让我看的并不是这位生病的老人，而是一张放在五斗橱上旧相框里的照片。这张照片让我大吃一惊。

我定睛一看，发现这张旧照片上是一位美国女人，她十分漂亮，笑容满面地站在一幢建筑物外。在此之前我从没注意过这张照片。

“仔细看看，她多美呀。”埃斯梅拉达激动地说道，“她就是我母亲。”

第三十六章

如果……？

“当你外出承担应尽的巡视职责的时候，”埃斯梅拉达坐在我卧室里的床上，对我解释道，“我给光正先生端去一杯热茶。他的身体看起来就像一片萧瑟秋叶，虽然被风雨所摧残但仍旧不愿掉落枝头。我看他如此脆弱，以至于突然生出一种想要抚摸他头发的冲动。他的眼中闪着一种超乎寻常的、睿智的光彩。”

我紧握着埃斯梅拉达的手，听着她用那天鹅绒般柔和的声音讲述着发生的事情。

“他勉强喝了几口茶。我跟他解释说，我是你的朋友，并问他想不想吃点儿什么热乎的东西，然后……”她顿了顿，哽咽了一下，“所以……当我把茶壶放到五斗橱上的那一刹那，我看到了她的照片。”

埃斯梅拉达放声大哭起来。我坐在她的身旁，紧紧地抱住了她。

“虽然照片年代久远，我母亲也还是年轻时的模样，但我还是一眼就认出了她。我西雅图的家中还留着好几张她同时期的照片。那一瞬间，我吃惊地尖叫了一声，当老人看清了我的脸后，他也吃惊地叫了出来。大家都说我和母亲简直就是一个模子里刻出来的。我问他这张照片怎么会出现在这里，他却不知道该怎么回答。”

埃斯梅拉达讲述起那段我已经熟知的往事，我早已通过那本被遗忘的日记了解到了，现在日记就藏在我的褥子下面。

所以，接下来我一直心不在焉、似听未听地看着她讲述这段陈年往事。

虽然我一再坚持挽留，但埃斯梅拉达当晚还是坚持要返回她的营地去。她认为借助月光和手电筒完全可以沿着安全地顺着山路走下悬崖。

虽然光正先生没有明说，但我和他都心知肚明埃斯梅拉达就是他的女儿。她的这次拜访，好像让老人重获了新生一般。第二天清晨天刚蒙蒙亮时，老人就叫我去他的房里，声音里满是欢欣愉悦。

我瞥了一眼福洛伦丝的照片，她是老人一生中最幸福的那段时光中的女主角，然后坐在了奄奄一息的老人的床边。

我挪开了视线，装出一副什么都不知道的样子。

“光正先生，你说人这一辈子最后悔的事情是什么？后悔那些我们做过的事还是那些我们没有去做的事呢？”

“我这辈子有许多后悔的事情，但在此刻，最后悔的莫过于没能挽救所有在悬崖边企图自杀的人，那些人的手都挂在悬崖边，但却没有人能拉他们上来。很多个夜晚，我都会不断地责问自己，‘如果……？’”

我充满疑惑地望着他。

“如果我的速度能更快呢？如果我能更早外出巡逻呢？”

我看到了他眼中露出的遗憾和悲伤。

“几乎我讲给你的所有故事都有一个圆满的结局，或者至少是喜忧参半的结局。”光正先生尝试起身，但没有成功。最终，他不得不放弃，躺在床上继续讲了起来，“当我遇到这些想要自杀的人时，他们就像一只只断了翅膀的鸟儿。通过一杯茶和我们之间的谈话，我为他们缠上绷带疗伤，虽然他们仍旧伤痕累累，但至少能重拾活下去的勇气。但对于他们中的大部分，我却永远也不知道他们到底能不能重新展翅翱翔、重返蓝天！”

“那你想知道这些人后来怎么样了吗？”我打断他问道。

他思索了好几秒钟才回答我。

“实话实说，我并不想。只有在此地，我和他们一起品茶聊天的时候，是一段冻结于现在与未来之间的时光，那段时光才是我们共同拥有的。接下来的所有时光都是属于他们自己的，那是他们自己的人生，他们之后的任何事情都与我毫不相干。我花了整整一生的时间才明白了这个道理。”

我们都沉默了下来，一种意想不到的平静涌上我的心头。

我为什么非得在余生里反复不停地问自己，如果我在哥哥生前多给他打打电话，如果我继续跟他住在一起，如果能……会怎么样呢？重要的是，乔纳森是自愿结束了自己的生命，他获得了安息，不用再忍受这世间的痛苦，而我却陷入自我怀疑和愧疚中难以自拔。

我坐在床尾把心中这些痛苦和烦恼讲给了光正先生，他缓缓地点了点头，他从我的叙述中读出了我的痛苦。当我结束了自我剖析后，我们俩面面相觑，仿佛第一次相见一般。我们分享了自己心中的所有痛苦，我们不得不承认我们如此地相似。

“你知道吗？”他最终打破了安静开口说道，“如果一切可以重来，我还是会做同样的选择，不论好的还是坏的，就是为了来到现在这一刻，与你对话的这一刻。”

第三十七章

为时已晚

中午我来到营地看望埃斯梅拉达，我从她那了无生气、空洞茫然的眼神中看出，她肯定也明白了光正先生的身份。这也就解释了昨天她宁愿冒着掉下山崖的危险连夜下山，也不愿在小木屋里过夜的原因。

尽管老人病情十分严重，但她仍没有准备好和她刚刚相识的父亲住在同一个屋檐下。

我们坐在树下，吃了我带来的很少的一点儿午餐，因为小木屋里储备的食物也已经所剩无几，我静静地陪着她，等着她先聊起这个话题。

“从很小的时候起我就一直幻想着，在我生日聚会或者圣诞家庭聚餐时，家里的餐桌上可以突然多出一副餐具。如果这真能发生的话，我一定会高兴得要死，幸福得尖叫。我想象着自己像只章鱼一样手脚并用地抱住他，好让他再也不会和我分离。但是昨天，当我推断光正先生就是我父亲时，那场景却跟我幻想中的不一样，我感觉……”

“你有什么感觉？”我把她抱进怀里，问道。

“我什么感觉也没有。”

“什么也没有？”我惊讶地问道。

“当时我脑海中唯一闪过的念头就是：已经太晚了。”

我们紧紧地拥抱在一起，我可以感觉到她的心跳越来越快。

“太晚了，太晚了，太晚了……”她一直不停地重复着这句话，就好像发疯了一样。

“埃斯梅拉达，只要试着去接受和原谅，那么永远都不会太晚。”当我说出这句话时，连我自己都吃了一惊。

就算光正先生只剩下一天的生命，埃斯梅拉达也可以让自己与他和解，留下一段美好的回忆。

“你难道还不明白吗？”她尖叫道，“我的意思是，对我母亲来说，太晚了！”

我不由得闭上双眼，仿佛看到了小埃斯梅拉达坐在家门口，看着街上来往的行人，试图从人群中发现那个和她有相同之处的男人，然后高喊一声“爸爸”，开心地牵着他的手连跑带跳地领他回家。在她幻想和等待的同时，她的母亲却为了赚钱养家而累垮了，同时还要因为未婚生子的原因，忍受邻居们怜悯的目光和父母的指责。

埃斯梅拉达放声痛哭，伤心欲绝。我只能紧紧地抱住她。

我们就这样一直抱在一起，直到夕阳西下。我意识到现在是一个和黎明时分同样危险的时刻，我不确定光正先生的身体是否已经恢复，能否起床出门巡视，我必须得回到山上担负起巡视的重任。

第三十八章

重焕新生

在我作为悬崖守护者的第二天，我遇到了第一个疑似目标，他是个看起来四十出头的中年男人。他孤身一人，身上没有背包、地图或是照相机。他什么都没带。

他的种种迹象让我心中警铃大作。

我跟在他后面，没有太靠近他，以免被发现。他走起路来腿脚有些不灵便，穿了件长袖衬衫，把自己裹得严严实实的，双手则插在牛仔裤兜里。

这个下午十分炎热，所以我不明白为什么他穿着一件长袖衬衫。

他在距离悬崖边大约二十步远的地方停了下来，四处看了看，似乎在选择继续前行的方向，但最后他却在那儿停了下来。从牛仔裤的兜里拿出一小包东西和一小盒纸，不慌不忙地卷起了烟卷。

我慢慢地靠近他，想找一个合适的借口和他搭讪，而不是采用直接粗暴的方式。我二十年前就已经戒了烟，不过为了拯救一条生命，我愿意重新再吸上一支。

我的直觉告诉我，这个男人应该是想在寻死之前欣赏一下美丽的山景，并抽上最后一支烟。

从他抽烟时放松的神态可以看出，他去意已决，他无处可回。也没有人在等他。

“能给我根烟吗？”

“当然。”他面无表情地答道，并顺手把烟丝和卷烟纸递给我。

对他来说，我也是个没带背包、地图或者照相机的陌生人。饶是如此，他也没有开口问我任何一个问题，就好像两个孤独的陌生人对着深不见底的悬崖吸烟是这个世界上再正常不过的事情了。

忽然，他指着空中一只体形巨大的鸟，向我问道：

“这只鸟是什么品种？”

我从没有关心过这种动物，对我来说，它们只是身上长着羽毛的一种动物而已。然而，在我作为悬崖守护者的第二天，作为新手，我的运气却十分不错。因为，一周之前我恰好问过光正先生同样的问题，也许现在我们面前这只就是同一只。

“是加州秃鹰。”

“看起来个头真够大的……”

“它是地球上体形最大的鸟类之一。你知道它们四万年前就已经生活在科罗拉多大峡谷了吗？你太走运了，朋友，野生的加州秃鹰已经非常少见了。大多数秃鹰都在动物园里，而这只秃鹰却飞到了落基山脉来看我们。哦对了，我叫托尼，”我卷好了烟后，向他伸出了手，“你在这儿丢了什么东西吗？”

他耸了耸肩，第一次正眼看了我一下。他有一双晶莹剔透的蓝眼睛，但眼里却没有任何光芒，胡子拉碴，脸上是一种既嘲讽又绝望的表情，那是一副失败者的表情。

“泰德。”

他又一次陷入沉默，专心致志地抽着烟。我则小心翼翼地抽着烟，尽可能吐出烟雾，不把它们吸进去，活像个从乡下来的刚入校园的菜鸟。

泰德抽完烟后，将烟蒂扔到地上，然后狠狠地踩了几脚，以确保烟头都熄灭了。

我内心深处仿佛听到时钟嘀嗒的声音，时间所剩无几了，但我却仍然没有找到把他带离这里的好办法。不论是香烟还是加州秃鹰都没有起到任何作用。

到底该怎么做才能把他带离悬崖呢？

我的大脑飞速运转，突然我茅塞顿开，一下子轻松起来。我的使命其实十分明确，一点儿也不困难。我只需要把泰德带到小木屋请他喝上一杯热茶，跟他好好地聊一次，让他发泄出来。

此时此地，我肩负的使命就是确保这个男人不会跳下悬崖。

泰德突如其来的信任，为我完成使命扫清了障碍。

“我十五岁生日那天，我的父母曾带我来过这里。我还记得那天我玩得很开心，那可真是美好的一天。那天也许是我生命中最后一个美好的日子。”

我浑身一颤，他沉默了下来。

“到今天为止已经整整过去了二十年时间，今天也正好是我三十五岁生日，于是我决定故地重游。”

“生日快乐！”

他一言不发，只是摸着自己的胳膊，权当是对我的回应。随后他又扭了扭双手，移动了双脚。

我觉得我可能要失败了，我决定放手一搏，于是开始即兴发挥。

“因为今天是你的生日，所以你能获得一份生日礼物。你只需要跟我一起去我住的小木屋，就可以获得礼物，我目前和一位日本老人同住在附近的小木屋里。”

他惊讶地望着我。

“可我们根本不认识。”

“我知道。不过似乎附近也没多少人能举办派对给你庆祝生日，所以我的礼物肯定能让你满意。”

“你是护林员吗？还有那个老人，他是谁？”

我已经成功唤起了他的好奇心，这对我来说是一个小小的胜利。

“跟我来你就能知道了。我们三个人可以一起品茶，然后我会把礼物给你。之后你就可以离开，想干什么就去干什么。”

最后这句话是我故意这么说的，为的就是让他明白，喝过茶之后他可以自由去追寻自己想要的，想去做什么都可以。

他用一种不太信任的眼神看着我，但总归没有完全拒绝。然后我又故意说道：

“其实，最好的礼物应该是你带给我们的。因为山上人迹罕至，我们没什么机会听到精彩的故事。”

“你别抱太大的幻想，”他干巴巴地说道，“我的故事一点儿也不精彩。”

“这谁也说不好。”

我交叉起双手，慢慢地开始往回走。他会跟我一起走吗？

当我察觉到他在我背后的呼吸声时，我在心里无声地尖叫了一声“太好了”！

虽然我也不知道接下来应该采取什么样的策略，但我身后那疲惫不堪的脚步声，是我能想象到的最好的礼物。

不知道为什么，我感觉乔纳森好像又回来了。一种奇怪的平静在我血液中流淌。正是通过这个筋疲力尽、自我迷失的可怜人，我觉得自己像重焕新生了一样。

“乔纳森好像化身为这个人出现在这里，而这一次我将敞开心扉地好好对他。”我对自己说道。感谢光正先生，带着从他那里学到的一切，我推开了小木屋的大门。

我第一次意识到，原来我可以超越自我，看到听到世间更多的东西。

第三十九章

人生使命

我把茶和最后仅剩的几块饼干摆到了餐桌上，光正先生正卧床休息，卧室的门半掩着。

他非常安静地躺在房间里，我知道他现在肯定正在屏息凝神聆听着我们的谈话，他那守护者般的精神笼罩着这个见证过无数奇迹的小客厅，在这里泰德似乎突然有了生气。

“你就住在这个简陋的小木屋里吗？”他充满兴趣地问道，“你刚刚提起的老人在哪里呀？你们怎么采购呢？我看这儿附近连一家超市都没有。”

我毫不犹豫地满足了他的好奇心，在友好愉快的气氛中我们品着茶、吃着饼干，很快我跟他就聊到了核心问题。

“泰德，我已经回答你好多问题了，现在该轮到我提问了。你独自一人来悬崖这儿干什么呀？我知道你来这儿，肯定不是为了欣赏加州秃鹰……”

他用一种复杂的眼神看着我，里面夹杂着亲近和不安，但很快他就表现出了对我的信任。在长聊了一个小时后，他终于放下了心中的戒备，向我打开了心扉。

“托尼，坦率地讲，除了为了重温儿时和父母一起来到这里的那段时光，我真不知道自己为什么要到山上来。或许是为了了结一切？我不知道。很久以前我的生命就已经失去了意义。”

此时，他终于亮出了自己所有的底牌，于是我追问他，到底是什么让他变得如此消沉。他的回答完全出乎我的意料。在他混乱而又断断续续的讲述中，我了解到，当他父母去世后，他生命中只剩下两个非常重要的人：一个是他自小就结交的好友，后来却不再往来；另一个是他交往了五年的女朋友。但他女朋友开始对他越来越冷漠，渐渐疏远了他，直到她不得不说真相：她已经爱上了泰德的好友很久了，不仅如此，几个月前他们俩开始了地下恋情。

“我不仅失去了生命中的挚爱和唯一的朋友，而且最后他们竟然愉快地生活在了一起。我真不知道该怎么办才好。”

“泰德，不好意思我得反驳你一下。我想说，这姑娘并不是你的挚爱，那小伙子也绝非你的朋友。也许他们以前曾经是，但很显然后来他们和你已经不再是一路人了。我知道，当你被两个最爱的人一起背叛时，你肯定很难转过弯儿来，但总有一天你会庆幸他们这样的人远离了你的生活。

你的人生之路上并不需要这样的旅伴。你肯定会遇到更值得的同路人。”

听完我的这番长篇大论之后，他有些不知所措地看着我。我自己也吃惊不已。这些话都是从哪儿蹦出来的？它们听起来就像从光正先生嘴里说出来的，就好像光正先生从昏暗的卧室里，正在将他一部分精神力量传递给我一样。

“托尼，我明白你说的这些道理，但在遇到新的同路人之前，我感觉自己就像一个人行走在悬崖边一样。我在一家学校当物业管理员。我把家里她留下的所有痕迹都清除了，每天工作完只能回到那个空荡荡的家中。我独自一人坐在电视机前吃晚饭，每个夜晚我只能靠自己排遣寂寞，孤独入眠。我没有任何活下去的理由了。”

“泰德，你身上还肩负着一个使命。”我回答道，忽然对自己的话充满了信心，“也许你会在学校里的学生中发现你自己的使命。他们每天在学校里进进出出，有时候肯定会向你寻求帮助。或者你还有其他的使命，这样的话，你很快就能发现它。”

“真的吗？”他充满疑惑地喃喃道，“但是当你变得无法享受生活，变得不再对未来充满幻想时，你很难去思索自己身上肩负着什么样的使命。你能明白我的意思吗？”

“泰德，我们身上肩负的使命比我们想象的多得多。我自己也曾陷入了你所处的困境中，我也以为自己再也走不出当时的困境，但不管我们是否愿意聆听，生活总是在不断地召唤着我们。它激励着我们在苟活于世和逆来顺受之外做得更多。”我停了下来，沉默了几秒钟，让自己情绪平复下来，然后总结道，“意义治疗法[①]的创始人维克多·弗兰克尔曾治疗过很多像你一样的病人，他们也都不知道人生的使命是什么。你知道弗兰克尔是怎么对他们说的吗？‘如果你不清楚自己人生的使命是什么，我会告诉你一个，那就是努力去寻找自己人生的使命。’”

泰德长叹一声，主动给我们俩人续了茶。

“托尼，我想告诉你的是，”他叹了口气，努力克制好自己的情绪，“或许我还没有发现自己的人生使命，但我终于知道了我为什么要来这里了。现在我就可以告诉你。”

我疑惑地看着他。

“虽然我不认识你，但现在我明白了，我到这里来真正的原因就是为了和你聊天。”

① 一种在治疗策略上着重于引导就诊者寻找和发现生命的意义、树立明确的生活目标，以积极向上的态度来面对和驾驭生活的心理治疗方法。

第四十章

花满枝椏

当泰德最终决定重整旗鼓不再寻短见时，太阳已经落山了。我决定在黑暗彻底笼罩悬崖之前下山去找埃斯梅拉达，给她讲述我第一次作为悬崖守护者的经历。

当我来到谷底后，我甚至已经不再需要手电筒的照明就能轻车熟路辨明方向。远处隐约可见篝火，指引着我来到她已经住了几天的营地。

当我来到营地看到她时，黑夜早已悄然而至。

篝火在帐篷一米开外的地方，火苗映射出埃斯梅拉达的身影。

我停了下来，静静享受这独一无二的美好时刻。光正先生曾教导我，世间种种，终将消逝于无尽的时间隧道。今日花满枝椏，何不驻足观赏？

美好的时光一去不复返，此刻我有幸聆听到雌鸟为巢中幼鸟唱着歌，树叶在微风中沙沙作响。在这静谧和谐的时刻，埃斯梅拉达在帐篷里褪下了衣衫，露出了她曼妙的身姿。

篝火下她的身影撩拨着我的春心，那种渴望的感觉就像男孩对他的初恋一样。衣服从她身上滑落，我觉得她抚摸了一下这些衣物。然后，她梳起了头发，开始按摩颈部，想必这些天直接睡在地上让她的脖子酸痛不已。

虽然我无法看到她的胴体，但这并不妨碍我浮想联翩。

我拿着一瓶未开封的红酒，躲在篝火后面，我感觉自己就像个爱偷窥的不良少年。我多么渴望抚摸她，亲吻她，把她搂到怀里……像明天就是世界末日一样热烈地爱着她。

这样的渴望胜过了一切。

森林，悬崖上的夜晚，小木屋，光正先生，乔纳森，我的痛苦和空虚……当我拉开了帐篷，叫出她名字的那一刻，所有的这些都消失了。

我们俩人相顾无言。在她脱掉内衣之前，我靠近了她。我从背后紧紧地抱住她的腰，埃斯梅拉达缓缓地转了过来，开始亲吻我。

随后她停了下来，稍稍拉开与我的距离，在幽暗的火光中静静地看着我，火苗噼啪作响，好似有一种神秘的催眠魔力。

埃斯梅拉达古铜色的肌肤和雪白的胸罩形成鲜明对比，这让我感到一阵兴奋。她的呼吸变得愈加急促，胸口也不由自主地上下起伏起来。

我把双手放到她的胯边，把她拉向我。

“跟你分开的这几个小时里，我非常想你。”她在我耳边轻声说道。

“我觉得我好像一生都在想念着你。”我回应道，开始亲吻她的脖子。

我的双手慢慢地抚摸着她的脊背。她的双手则插在我的头发里，光着的双脚搭在我的鞋子上。我们尝试着就这样蹲着跳舞，然后大笑着躺倒在帐篷里。

埃斯梅拉达好像被一股强烈的冲动所占据，她开始脱我的衣服，而我则尝试去解她的胸罩，她露出了迷人的双乳，比我想象中的更加丰满。

我的嘴唇流连在她既坚挺又柔滑的双峰之中时，她脱光了我的衣服，也脱下了自己身上的最后一件衣服。

几分钟后，天地间迎来了这世间最甜蜜的风暴。

第四十一章

最后的秘密

当我醒来时，我发现自己一个人躺在帐篷里。我赤身盖着一块大小刚刚好的薄围巾，这条围巾是埃斯梅拉达每晚御寒用的。

我在这个像母亲的子宫一样的冰冷的帐篷里躺了很长一段时间，等着埃斯梅拉达回来。

差不多一小时过后，我像只想要寻找阳光的蜥蜴一样从围巾下钻了出来。埃斯梅拉达去哪儿了？我赶紧穿好衣服，离开了帐篷。我知道，昨夜之后，我再也不是从前的自己了。

我开始寻找埃斯梅拉达，呼吸着森林里的空气，松树和土地的芳香沁入心脾，我听到微风仿佛用树枝弹奏着竖琴，鸟儿在庆祝新一天的开始。

在这个如同天堂一般的地方，我告诉自己，是时候真正开启新的生活了。我觉得自己终于寻找到了真爱，挖掘了一个充满意义和人性的美好故事。这将是对所有这一切的致敬，对我死去的哥哥，对像他一样的敏感的灵魂，也是对光正先生这位慷慨的老人，他致力半生的这项工作是如此的艰巨，如同在暴风雨中拯救雨滴，这样它们才不会被土地吞没。

我特别想集中精力把这些想法都写下来，但现在我还有更要紧的事情要做。

埃斯梅拉达为什么在我们欢爱之后就离开了呢？她应该好几个小时之前就走了，她到底去哪儿了呢？

过了一会儿，我才在帐篷入口处的空酒瓶下发现一张纸条。

亲爱的托尼：

我去看我父亲去了。

今天早上在你身边幸福地醒来后，我觉得是时候让他知道我已经知道他是我父亲了，也是时候承认并接纳真正的自己了。

也许你说得有道理，现在还不算太晚。

如果你愿意的话，麻烦你帮我把帐篷拆除收起来。当我下山回到这里后，我将离开这里，永远也不再回来。

我爱你。埃斯梅。

她突然的决定让我十分惊讶。同样让我感到惊讶的是，她把一项通常都是由她自己完成的工作托付于我。于是我开始拆除帐篷，心中满是幸福的滋味。

或许也到了我该离开的时候了。

或许听的故事已经足够多了，我应该着手撰写关于悬崖守护者的故事了。

或许是时候回到悬崖外的世界重新开始一段新生活了，我应该把公司卖掉或转手给其他人。

或许我可以和埃斯梅拉达去一起西雅图开始一段新生活，如果她愿意的话。

或许……

得益于以前在童子军训练营里的锻炼，清空帐篷之后，我很快就把这个帐篷拆了下来。正当我准备把帐篷卷起来装进套子里时，我惊奇地发现，扎帐篷的地方不是草坪，而是一大片被翻过的土地。

最近肯定有人在这里挖过这片地，只可能是……我脑中突然灵光一闪，回想起埃斯梅拉达拆卸帐篷的那个早上，或许她是在……之后又重新支起了帐篷？

一种不理性的冲动让我立马开始用手刨起那块地，像森林里的野兽一样一把抓起地上的泥土。

突然一个金属类的东西在一堆泥土和树枝之间显露出来。

我狂怒地扒开泥土和石块，继续往下挖。此时，脑海里突然回响起埃斯梅拉达之前说过的那句话，现在看来就像神谕一样："也许最终是你的哥哥找到了你。"

一分钟后，我跪在地上，拿着乔纳森的骨灰盒。

我痛哭流涕，现在我才开始理解这个故事中缺失的环节，或者说我们的故事中缺失的那个环节。

埃斯梅拉达早就找到了骨灰盒，骨灰盒应该正巧掉落在营地附近。她没有告诉我，而是决定把它埋在帐篷下面，也就是昨晚我们欢爱的地方。

我抱着哥哥的骨灰盒，不知该感谢那个找到它的人还是该生她的气。

正在此时，我看见了她的身影顺着溪流穿过了灌木丛。她走过来时表情十分严肃，这让我十分担心，害怕会面并不顺利，没有如她预期的那样进行。

我抱着骨灰盒怔怔地待在这里等着她。当她走到我身边时，我开口对她说道：

“我不明白你为什么要这么做，不过……还是要谢谢你帮我找到并保管乔纳森的骨灰。”

埃斯梅拉达什么也没说。她只是一脸茫然地看着我，就好像现在的状况是世界上再正常不过的事情，就好像昨晚我们之间的欢爱还没有结束一样。

“快跟我说说怎么回事儿……”我忧心忡忡地问道，“你们相认了吗？”

“比我想象中要好得多。”她断断续续地说道，“真是太好了，我原谅了他，他也原谅了我。”

“埃斯梅，他为什么要原谅你呢？”

我这才发觉这是我第一次这么叫她。

“托尼，我还有一些事情瞒着你。”她惶恐地说道，“我希望你不要因此而恨我。我不仅向你隐瞒了我发现了骨灰盒的事情，我知道一旦你找到了它，肯定就会离开。我感觉你肯定还有很多事情要去处理，所以……我也不想再否认了，我就是想和你在这个像天堂一样的地方多待一段时间。”

我一时之间竟不知道应该如何回应。我把骨灰盒放到地上，问道：

“你还瞒了我什么？”

埃斯梅拉达咬着嘴唇，眨着一双明亮的大眼睛说道：

“除了你在帐篷底下找到骨灰盒这件事之外，我重新和父亲相认也并非意外。母亲死后，我一直苦苦寻觅，最终在这里找到了他。他拯救了许多人的生命，所以对他的一切善举我不可能毫无触动。”她停了下来，喘了口气，一滴眼泪从她脸颊上滑落，“当我们在高速路上相遇时，我知道我非常接近他了。当你跟我提起老人时，我确信那人肯定就是我父亲。”

“你为什么都不告诉我呢？”我有些茫然地问道，“没必要因为这么做而哭泣，埃斯梅……你当时只是还没有准备好和他相认而已。我特别理解一个人恐惧到连自己的影子都不相信是什么感觉。”

仿佛长时间以来的那种抵抗突然被打破了，她坐到地上，用波浪般的头发遮住了脸，回答道：

“关于你的第一个问题，我当时什么都没说是因为我自己也不确定是不是想要去见他，如果到时你逼着我去的话，我肯定会不知所措。正是这个原因，所以我直到现在才告诉你。至于我为什么会哭，”她轻声说道，“你难道猜不到为什么吗？”

我感觉喉咙似乎被什么东西哽住了，我悲痛得无法呼吸。

“托尼，我父亲去世了。感谢上苍，感谢你，最终让我们相认，让我送了他最后一程。”

后记

往后余生，你想做什么？

虽然光正先生在孤独中度过了他的后半生，但他的葬礼却备受瞩目。听到他去世的消息后，全国各地数百人来到这里参加他的葬礼，就像一股神秘的洋流，穿过整个大洋，最后汇集到了海岸一样。

前来悼念的有被他救过的人，他们的家人、兄弟姐妹和朋友。

有听别人讲过他生平事迹的人，他们听说光正先生几十年来一直孜孜不倦地在拯救他人。

有以前和他一起工作过的同事，这些人年纪已经很大了，但也步履蹒跚地赶来了。

有在他生命最后时刻和他相认的女儿——埃斯梅拉达。她亲自操办葬礼，负责安排仪式中的每一个细节。她决定由我而非牧师，在葬礼上为光正先生致悼词。

埃斯梅拉达说我是最了解悬崖守护者的人，在老人生命最后的时光里陪他一起住在悬崖守护者神殿中。我甚至还在老人生命垂危之际临危受命，代替他邀请那个觉得自己生命失去了意义的男人来小木屋喝茶。

那个男人，泰德，也来参加葬礼了。他穿了一身黑色的正装，并在仪式结束时给了我一个拥抱，比我预期的还要长。

当所有人都离开后，空荡荡的殡仪馆突然安静了下来。

我的眼神一直在到处寻找埃斯梅拉达，最后发现她也走了，我们甚至都没有来得及互相道别。

我怅然若失、倍感凄凉。我疲惫不堪的看了眼手机，在这趟非凡的冒险之后，我的手机里还有几百条信息等着我一一回复。

一年多之后，我再次问起那个拯救过许多人生命的问题：“你愿意陪我喝杯茶吗？”

女人甚至都没有抬头。她专注于自己的工作，没有听到有人进入她的工作室。

其实她听见了，但她觉得是仅在自己内心深处听到了。她的桌子上摆了一些小娃娃，她手上拿着毛线，正在用毛线缠着这些娃娃，似乎这样就能赋予它们生命。如同往常那样，这些解忧娃娃可以帮她渡过生活里的难关。

刚才提问的那个人，是一个四十多岁的男人，在经历了人生的大起大落之后，他拥有了非常平和的眼神，似乎看淡了生活中的一切。

女人正在专注地工作，她以为那个声音只是她记忆里的声音，只是在她寂寞的时候来陪伴她。

或者根本就没有声音。

这是与往常一样的普通下午，但又不那么普通。女人在黎明时分就有所感觉，她看到一大群帝王蝶在窗前飞过。夏天还迟迟不愿离去，不想让漫长的寒冬占领这里。

“你愿意陪我喝杯茶吗？”我重复了一遍我的问题。

然后，是的，埃斯梅拉达抬起了头，在这间工作室中，似乎产生了一种神奇的魔力。

那些反复回想的一个又一个记忆开始在彩色羊毛娃娃和各种人物肖像中不断旋转交织起来。暴风雨又回来了，雨点猛烈地敲击着汽车的引擎盖。那个无比壮丽的悬崖，那些深夜里的亲吻和黎明时的欢笑，那个夹杂着爱与悔恨的骨灰盒，那双在她背后游走的手，数百个自杀失败者的故事，一位总是成功开导他人却从未开导过自己的老人，以及她自己，她逃离了葬礼独自去疗伤，将漫长而又痛苦的过去一一埋葬。

这些回忆从她杏仁般的黑色眸子中一一闪过，在这些回忆的灰烬中，她一直渴望的男人——托尼，如同重生了一般，他似乎再也不急躁不安了。

埃斯梅拉达上下打量着这个男人，这十五个月以来他发生了翻天覆地的变化：那个使他变丑的，他挂在嘴边的不耐烦的苦笑消失了，眼神中自然而然流露出一种满足感。

“我知道近来你所有的一切都很顺利。”她对我说道，语气比她自己想要的那种更加无礼。

我张开了手掌，耸了耸肩。

“别谦虚，现在所有人，包括我在内，都知道你的那本书获得了巨大的成功。”

“好吧，你隐藏得很好。自从葬礼之后，你一条信息都没有回复过我。这就是我来这儿的原因。千万别以为我很容易就找到了你。但幸运的是，我是一名记者，并且……”

“我为你感到骄傲，托尼，”她打断了我，无视我的话语，“我非常感谢你，感谢你做的那些工作，这样我父亲的记忆将永远存在……也许他会成为其他人的榜样。”

她最后的话让我心里很不是滋味儿，这种难受的感觉伴随了我写作的整个过程，我创作这本书是想把它献给悬崖守护者。当我塑造这位真实存在的悬崖守护者的生活和他的处世哲学时，我想知道那个悬崖上发生了什么，为什么那么多绝望的人选择在这里结束他们的生命。

小木屋里空空荡荡的，再也没有人用望远镜观察悬崖了，也没有人能端出一杯茶耐心倾听了，再也回不去了。

从记者的角度来看，在光正先生死后，我很清楚我可以采用什么方法把他的重要信息传递给全世界，我签署了几份作品售出语种的合同，但悬崖边上的那座孤零零的小木屋却仍让我十分牵挂。

埃斯梅拉达圆润而深沉的嗓音，把我带回了西雅图郊外的这间朴素的工作室。

“当你不再出现在电视上时，我还会在报纸甚至杂志上看到你。也许这就是我从来没有回你信息的原因，我想你已经没有时间陪任何人了，包括我在内。”

“好吧，但你猜错了。”我说道，我感到不舒服，心里有点儿受伤，“至于这些媒体宣传，这都是属于这本书商业营销的一部分，”我试图为自己辩护，但没有取得多大的成功。“由于出版社的压力，我不得不进行所有的这些宣传，但我对这些都不感兴趣。这本书一旦写完，就不再属于我了。就像是摆脱了父母的孩子，当他离开家时，剩下的只能是祝福他越来越好，不断前行。”

埃斯梅拉达用迷惑的眼神望着我，然后问道：“往后余生你想做什么？你现在打算做什么？”

“我不知道……”我回答说，并试图隐藏我内心激动的心情，“想要活出我所知道的最好的样子。我想离我的家人更近一点。尽管我哥哥走了，但我们这些留下来的人必须团结起来。 从九月开始，我还将在大学里教授一些课程。我很高兴能与朝气蓬勃的年轻人一起工作。我希望我能为他们做点什么。你呢？你的计划是什么？”我感到自己有些沉不住气，“我的意思是，除了在工作室里的工作。”

“我的计划？”她站起身来，回答我，“什么计划？长期的、中期的还是现在的？”

“是的，现在的计划。”

作为回答，埃斯梅拉达踮起了脚尖拥抱了我，哪怕在我们一起待在山谷的那些日子里，她也从未这样做过的。

然后在工作室里，发生了第二个魔法般的事情：就像糖溶化在水中一样，时间也慢慢融化开来。我们的身体也恢复了记忆，我们俩紧紧拥抱在一起，仿佛天地之间只剩下我们俩人。

我幸福得颤抖起来，轻轻地吻了她的额头，然后是她的鼻尖，感受她的高涨的热情之后，我亲吻了她的嘴唇，仿佛要抹除我们之间所有的距离和孤独，这几个月以来这些感觉一直萦绕着我们，让我们无法摆脱。

我几乎无法呼吸，我向她承认道：

“埃斯梅拉达，我不是来拜访你的。我想要开启新的生活，我是来找你的。虽然我还不知道未来我想要做什么，但无论如何，我一定要和你在一起。”接着我慌乱地说道，“除了梦见你之外，很多个晚上我都梦到自己回到悬崖上，你父亲出现在我面前，希望我可以继续他的工作。也许九月的课程结束之后，我就会去……但现在那间小木屋是你的，我需要你的允许才能住在那儿，或者我可以付你房租。是的，这就是我将要做的事儿。你觉得怎么样？”

埃斯梅拉达睁大了双眼，仿佛不敢相信自己听到的话。

“我觉得你疯了。现在你已经成功了，你要舍弃一切，去做隐士吗？”

“我不会一直在那里……当我去授课或去参加会议时，我需要有人代替我，我认为悬崖守护者神殿不能就这样被放弃。”

“你有没有想过有谁会愿意住在那个与世隔绝的小木屋里呢？”

“还没有……”我撒了谎，但我紧张的表情出卖了我，其实我已经想到了一个人，那就是她，“也许未来可以是几个人，一个团队，负责这项工作。我们还可以提高社会意识，让那些行走在悬崖边的人感到温暖……在城市里，也你有可能掉入深不见底的井中而亡。我已经考虑好几个月了。”

她沉默地看着我，不知道该怎么回答。我第三次提出了邀请：

“所以，你愿意陪我喝杯茶吗？”

她不假思索地拒绝了：

“不。”

我的心跳突然停止了，直到她补充道：

“我不想只陪你喝一杯茶，托尼，我想陪你一起喝遍世界上所有的茶。”